陰兵借道

李碧華

目錄

第一輯

第二輯

霜降

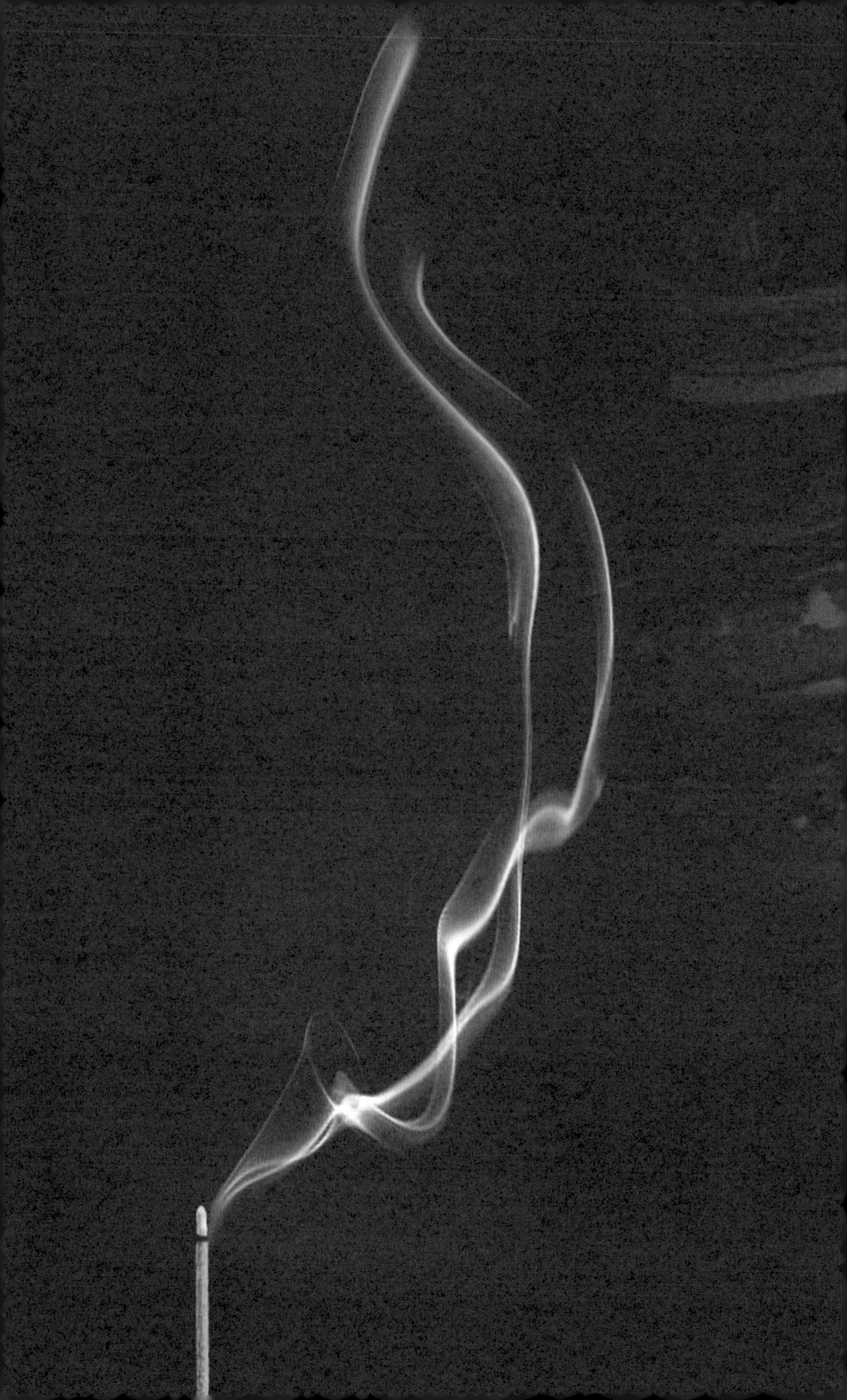

她和孩子，來到台北中山區民權東路二段的行天宮。

好找，捷運就到。

行天宮，又稱恩主公廟，主神為關聖帝君恩主公，繼承清代官祀餘緒，北投、三峽、台北均有分宮，稱「行天三宮」。台北的廟門用108顆門釘代表108位神靈，即象徵36天罡星、72地煞星。

許多民眾來此敬拜，消災祈福，尋求心靈上的紓慰。

她對台灣宮廟並不熟悉，所以抱着布包看濟世服務：

「祈安大法會　祭元辰　祭關限　祭星　掩魂　收契孫　收驚」

有些宮廟收驚得幾百塊台幣，或隨己意包個紅包（有上千塊的），但行天宮收驚免費。

她沒有錢。

近來受武漢肺炎疫情影響，為避免群眾感染，中央疫情指揮中心針對傳統市場、夜市、廟宇等作出規範，執行得頗為嚴格。

平日假日收驚人潮大排長龍，不過近來擴闊人距縮短時間，原來是上午11點20分至晚間8點的，現在縮短為中午12點20分至傍晚6點半。過去平均每天湧入一萬人左右，如今防疫措施令人流減少兩、三成。

廟裏的阿嬤見她四下張望，人生路不熟的，就問：

「你來聽經還是收驚？」

抱着一個棉布包包，想是連夜睡不好累極了的娃兒，應是來收驚的。阿嬤道：「敬神禮儀，不管何事，先去拜拜，這邊啦。」

她緊抱布包合掌敬神，喃喃報上名來。自我介紹，呼請聖號，都有示意圖解的。

只細屑私語，廣東話：「弟子姓潘，20歲，家住香港，孩子無名。今日前來行天宮敬拜，恭請聖安，請求指點迷津，早日一家團聚。」稟完後誠心鞠躬敬禮。

來時已近黃昏，5點，天黑得早。排在隊末。好些穿着青天色長袍道衣的效勞生阿嬤指示：「大概半小時就可以排到了。」又問：「孩子有發燒嗎？讓我看看——」

「不！」她忽地把布包緊緊擁在懷中：「不能看！」

看來真是心頭一塊肉。

廟裏的阿嬤和師傅們都慣見，抱嬰兒帶小孩來收驚的父母，尤其是媽媽，比孩子還着緊。

孩子睡不好，半夜常驚醒、哭喊、嘔吐、拉肚子、體弱……媽媽最是心痛，有的甚至連自己也受驚，哭了出來。

阿嬤體諒地忙自己的活。此時已截人龍，她靜靜的，也躲人，耐心在隊末等候。

前面有師傅在唸着《收驚咒》。一般是先將白米倒進大碗，再用一疊紙錢將米壓平，放至供桌，以受驚小孩穿過的衣服覆蓋米上，燃點線香。儀式進行簡單而莊嚴，不需供品，只誠心祈求神明：

「……囝仔無通驚，囝仔無通驚……魂無驚，魄無驚，東無驚，西無驚，山無驚，海無驚，風無驚，雨無驚，心肝頭，按定定……本師不收別人魂，不討別人魄，收你三魂七魄一路返……」

一邊抓起米粒，灑向小孩胸前背後，唸唱一番，似乎安定下來，好奇地眼晶晶，也不哭了。行天宮的儀式簡化些，作用則一。

「收驚」是台灣閩南語，廣東話「喊驚」；北方稱「叫魂」、「招魂」——因人的靈魂分「三魂」：元神、陽神、陰神等三種精神；「七魄」指喜、怒、哀、懼、愛、惡、欲等七種情緒。三魂七魄與肉體穩定結合運作，若無預警的驚嚇突然發生，或人的時運低，不堪一驚，魂魄受到沖煞而分散，神遊太虛，必須由高人透過儀式施法將之招回歸位……

正等着，有位師傅走過來，是個衣着樸實土氣，鬚髮皆白的老人。她一緊張，棉布包包擁得更牢。

「小姐，你也受驚麼？」他端詳一下：「心神不定，臉色蒼白，而且身體虛弱，有股怨氣——想是大受驚恐折磨甚久了。」

又問：「你多大？哪年出生？」

「20。是1997年8月生的。」

「不對，今年應是23了。」

她無語。

「哦，你20歲後沒活下來。」師傅道：「你這孩子也沒活下來——他只是一塊骨頭……」

她近乎唇語，對自己說：「他是我的骨肉，我一定要把他生下來的——」

棉布包包中，傳來一下啞哭聲，如捂住的嘴，如遙遠地方的回音：「哇——」的一聲，沒生氣。

她也悲從中來，是啁啾的鬼哭：「嗚——誰可幫我——師傅幫幫我……指點迷津，我該怎麼辦？」

「你父母呢？」

「在香港。」她悽厲大哭：「我在夢中對媽咪說：豬豬好慘，好辛苦！救命呀！有冇人幫到我……媽咪我好掛住你……」

客死異鄉，沈冤未雪，她哭喊得費勁，虛弱頹然蹲在地上，跪在地上——乏力爬起來。像一灘泥漿。

「近日天氣轉涼了，那邊暖一點，我們過去說話吧。」師傅與她邊走邊談，了解因由。到了會客室外長椅，坐下來了。

「小穎，你們收不了驚，那不是你要排的隊——肉體沒了，魂魄也離散了，辛苦重合又重分，再也不成一體，收了驚也無處安置。」師傅道：「客死異鄉是最悽涼的，何況年輕貌美，一屍兩命，還死在愛人手上，回不了家，得家人來超度——」

「不！不要超度！我不聽，我不會忘記和放下的，一定要面對面，交代清楚！我要找到他為止！」

「他19歲、你20歲，人生路上挺幼齒的，小穎，你對阿佳仔還沒想通看透嗎？」

「他明明要來的！我已等了將近3年了。他在香港因盜用我信用卡洗黑錢坐牢29個月，去年10月23日放監，他公開說要來台灣投案的——又足足一年了，還沒有來，媽咪焦慮得很，給他一個期限，就是今天！今天快過去了，還沒有來……」

「今天？」師傅屈指一算：「還剩幾個時辰，媽媽苦心應該沒望——是日已過，命亦隨減，這一天過去了，我們的生命就少了一天……」

「我沒有生命，多一天少一天有什麼意義？我一定要找他！」

「今天10月23日，九月初七，霜降之日呢。」師傅道：「那你抽個籤，或隨口說一個字，我幫你算一下。」

小穎馬上衝口而出：「『癦』字。」原來心中是這個。

「這是什麼字呀？」

「一想就想到這個字了，外面是『病』，裏面是『墨』。」小穎把字用指頭寫出來。

師傅道：「我那麼老了也沒見過此字，是香港人常用的吧？」

「是的。」她忽道：「因為他鼻翼上，這裏，有一大塊黑色胎記，大粒癦！」

真是前塵往事……

大同區紫園旅店的一宗命案：受害者潘曉穎與嫌犯陳同佳都是香港人，甜蜜小情侶，在2018年2月赴台旅遊，她在facebook上po：「我曾度過的最棒情人節，是this year！」竟成遺言。2月17日因綠帽疑雲或者故意引起妒意：腹中胎兒父親另有其人，妒火中燒爭執期間，潘女被勒斃，陳男把屍體塞進一個粉紅色行李箱中，乘搭捷運，棄屍竹園站外公園草叢。

陳潛逃回港，三度盜用潘的提款卡提款被拘，揭發命案。3月時潘父到台認屍，因日曬雨淋嚴重腐化，或遭野犬咬食，只剩白骨，內臟呈惡臭泥漿狀。台方法醫多番努力，在腐爛腹腔中發現一塊長約2厘米之骨頭，確認為3個多月大的胎兒。

陳因「洗黑錢罪」判囚29個月。港府數度未回應台方司法互助請求，又因政治關係無引渡協議，一直未能令陳投案受審。林鄭特首，借民建聯政客推波助瀾，藉詞為潘父潘母「彰顯公義，昭雪冤情」，強推修訂《逃犯條例》惡法，這個弄權但拙劣之「包裝」掩飾不了媚主賣港野心，民意憤怒沸騰，二百多萬人上街，警暴橫行，不少抗爭的年輕人被毒打被送中被重判被殺害……

潘女潘父潘母陳男，全是被利用的政治工具。而陳男出獄後整年入住警方「安全屋」，為紅色牧師管浩鳴監管，赴台之承諾如同空言。

潘母月來奔波勞碌向各方請求、溝通、發言、設限……殺人犯陳男仍未透過台港建立的單一聯繫窗口主動投案——看來有人不願意促成此事了……

命案震驚中港台以及華人社會。

師傅道：「這阿佳仔，來不來台灣也死定了。」他指着那個「𡓁」字：

「這是阿飄的觸機！」

師傅見她沈默或是沈思，便解釋：「我們老一輩都稱亡魂為『好兄弟』，不過有女的，年輕的，『阿飄』是頭髮飄飄，身體飄飄，比較不可怕。」

「想不到我才一秒鐘就變成了阿飄。」又問：「為什麼才一個字，他也將變成了阿飄？」

「這個『瘻』字是你們香港用語，在醫學上、面相學上，都無所謂『瘻』，統稱『痣』。」

俗語說「面無好痣」或說「面無善痣」，不同位置反映不同的缺憾，老人家也不想說太多了——鼻翼右廷尉左蘭台，主男女感情、性慾、相剋關係……說了也不明。

「就測這個字吧。」她道。

又急問：「我們會再見，算一下舊帳嗎？在哪裏？什麼時候？」

「好，你靜一下。」老人沈吟：「半病——那是有可能生病、托詞生病，或者『被生病』。看『黑』字，五行分金木水火土，黑屬水；方位分東南西北中，水屬北方，亦指大陸。而且古時黑土形容不祥葬地，黑土鬆軟，尤其是雨後，挖掘埋葬容易，但難化……」

果然有它的道理，廣東俗語不也有句「趁地脸」嗎？地脸就鬆軟，罵人快點去死……這個字是「死定了」。

師傅饒有深意：「來台北或上北方，也許都不可長期苟活。而且不一定是『病』，有可能是『疫』、是『瘋』、是『瘁』……」

正如十幾歲的中學生如何有能力「分裂國家」？十幾歲的殺人兇嫌和私人孽債怎可摧毀一個名城？荒謬呀！

——但這師傅口中的「阿佳仔」，即使還上一命，但遭狠毒掌權者利用，一場反修例反送中抗爭運動中，有不少人病了、瘋了、殘廢了、死了……被殺被自殺，死得不明不白，無名無姓。

被利用當政治棋子不是他意願，不過亦一念之間的連鎖效應。即使潘媽媽控訴得筋疲力竭，冷酷不仁的港府政棍依舊不負責不協商，無心把兇手繩之於法。

「歹竹或出好筍，但歹政定出劣官。」

陡地，她變臉了，猙獰而淩厲，嗓音低沉如獸：「人人都騙我、欺負我！說風涼話敷衍我！我不甘心！」

慘劇不可回頭，當初，2年8個月之前那個晚上，關於「綠帽疑雲」，有沒有劈腿？有沒有刺激阿佳仔的性愛片？有沒有由醋意引發血案？孩子的父親是誰？……

這些都只有當事人心知肚明。

孩子是誰的？驗DNA即知，何「疑」之有？父親是不是自己，也不可能殺人——於情於理於法都難逃。一旦發現原來只是氣言挑釁，豈非親手也殺了孩子？一屍兩命的真相，關鍵在於投案審訊判刑，付出代價，才可了斷。

「是的，」師傅向着空茫的靜夜：「每一個枉死的亡魂，好兄弟或阿飄，都不甘心。」

而這蝴蝶效應引發的腥風血雨，間接受警暴和政治打壓的枉死者，多是年輕人、大學生、抗爭者、有良知的愛香港的人。死於非命的亡魂，她身邊有，行天宮內也有……五十多年歷史，說不上老廟，不過亡魂不分年歲，飄來蕩去，聽師傅開解。中門一對麒麟神獸，還有那代表莊嚴顯赫的「赫赫」、「嚴嚴」刻字，都讓人明白世道公平，善惡分明——但，何以仍有冤屈？是掌權者勢力大到改寫人間正道嗎？關聖帝君容嗎？

「冤有頭債有主，小穎你不能一傻再傻了。」師傅是局外人旁觀者，分析：「為一個渣男不值得。」

小穎望定他，緊閉嘴唇不回應也沒辯解。

「阿佳仔牢房放出來一年多了，說是林鄭政府特別照顧長置『安全屋』，與外間隔絕，非『自由人』，但他投案的意願一天比一天減低，好吃好住好睡好拉撒，過一天算一天，是人性。」

不說後果說前因吧。

「才19歲，可以親手殺死女友，不理一屍兩命，從容藏箱棄屍荒野，潛逃回港，謊騙你父母，還多次盜取你財物、提款自用，心狠手辣若無其事。釋囚鞠躬道歉或錄音表態，都似傀儡，不見悔意，這是本質問題。暴戾危險者不得善終。」師傅洞悉地問：「你還是等他嗎？」

小穎沒有回答。

師傅再問：「你還是等他嗎？」

「是。」她點頭：「與ＢＢ一起等他。他只是受制，被困，或者也想來呀——他來不了我去找他！」

看這些「孩子」，連人也還沒做好，就做了爸媽。看他倆交往，亦如同孩子——男方總是依偎着愛美又喜歡做萬人迷的女方，或倚在她肩膊，或抱得牢牢的，甚至閉目小休滿是安全感的癡纏……不免依賴、偏執、容不得半粒沙子，害怕失去，卻先失去了。自招的。

「小穎真是『七月半鴨子』——不知死活，不知好歹！」

「不！他說我是他第一個也是最後一個女朋友啊！」

「對呀，果然一語成讖——本為隨口而言一句無心語，竟成為預言，並且應驗。」師傅歎一口氣：「天意。」

「所以阻礙他來台灣的都是奸人，為了個人利益貪戀權位，還叫媽咪

『釋懷』——怎可能？永遠不能釋懷！」

小女生不懂了，如果阿佳仔依先例可以入境台灣投案，單一窗口特事特辦就好了，港方彰顯公義和法治精神，台方得口供、證物之司法協助，一切化繁為簡，沒淪為政治手段、政治玩物，香港又怎會爆發一場反送中慘劇？但如此一來，偽善的林鄭硬推修例惡法豈非白做？洩露「初心」還落得雙手沾滿鮮血？結果催生了更狠毒的港版國安法？

原來一步一步走來，不但香港被摧毀，甚至演變為大戰。真相掩藏不了。但一失足成千古恨，回頭已是百年身。阿佳仔是關鍵人物，也知內幕，實在被送中易過送台。公義遲來而且難到。不能奢望。

不靠人，惟有靠自己！

師傅沈思，考慮是否出手，又猜測後果……

「算了，我再問一句：你一定要去找他嗎？」

「是！」小穎把心一橫：「不等了，我去找他！」為了加強決心和能力，她望定師傅道：「我恨他殺了我和ＢＢ——但，我仍然愛他！」

師傅正色：「你不要後悔喔。」

「我都死了，還有什麼可後悔的？大不了再死一次——」

師傅道：「怎可能死了一次又一次？沒本錢呀。」

他作最後勸諭，是「專業」溫馨提示啊：「只是不甘順天，非要逆天，是種『透支』，也是『交換』，可能投胎不易、來生損壽，或輪不上好人家，或無子嗣……」都是未來。而今天——

「為圓心願，」小穎道：「我定要見他一面！」

「你若回去，也不止見一人見一面的。」師傅歎一口氣也下定決心：「好，那就盡力送你一程吧。」

他着小穎在四下，親手找來一張紙，不管什麼紙，報紙單張包裝紙，

有字沒字不要緊，主要是成為載體。

行天宮開關時間是每日凌晨4點到晚上10點。收驚已完結，善男信女來參拜祈願還願，夜了，人數漸少。風捲灰塵，志工和阿嬤都在收拾、整理、清潔、掃地、掃落葉……

好不容易才找來一單張，在角落，沒被清掃掉，成為垃圾。

它很重要，實在不是「垃圾」。

師傅開始動手，把紙張摺成一隻船。一邊道：「你若回到香港，第一件事是什麼？」

「先看我爸媽，媽媽太累了，太苦了，奔波找人幫忙讓他來台，勞心勞力一點結果也沒有，反而因當初被利用遭嘲諷遭特首冷待，單單打打，在傷口上撒鹽——我很心痛！我會說：『媽咪，對不起！你說豬豬的生命比你的重要，餘生所剩力氣都要為我討回公道……下一世希望我們再做母女，我做媽咪你做女，或者姊妹，我做姊姊你做妹……能在一起，不止20年那麼短，很長很長，我要報答你！』感謝父母養育之恩，只是我遇上的人……」

小穎悽然落淚，不知是自責還是自傷，無底深潭。

師傅聽了：「養兒一百歲，長憂九十九。你當過媽媽，也就明白了。孩子長大，女生外向，不知認識什麼人，愛上什麼人，心如野馬，父母無法勸阻——但收拾殘局的，永遠是父母。」

又問：「那麼見到阿佳仔，你會怎樣做？」她眼神一閃。

囁嚅：「不知道——見面再說。」不知是心虛還是閃爍。如同在虛空黑暗中，那一閃的線香之火。

行天宮早就實行環保，多年來已收起大供桌大香爐，信眾以「心香」代之。就是要燒香的老人家，不管什麼環保也不理香燭有化學成份，恐影響健康，起碼也點一支短短的線香，否則怪怪的，不踏實。所以廟裏收驚阿嬤還是用台灣製造的線香，總有少量供應，但不鼓勵。

看來師傅是從她們那兒取過來的一支，燃點後插在長椅木縫，穩當直立，一點香火，清煙向上裊升，似是迷茫暗黑之中，一些指引。心誠則靈。

師傅慢慢的摺好一隻紙船，並且把船頭船尾稍稍屈曲，成一兜狀，這樣便很平衡穩妥。

「你坐船時，別坐頭尾，抱孩子坐在中間，盡量不要動。就算飄洋過海有風有浪，坐穩沒事，不會眩船。」

小穎道：「現在有點怕！」

「怕坐船？」

「怕見面。」

「是你的心願呀。」

「該說什麼呢？」她自語：「有恨、有怨、有愛。纏着他？帶他走？一家團聚？報仇雪恨？……」

問號太多，師傅道：「我管不了。誰也管不了，你們心知肚明，自己私了，也要公了。因為已不止『個人』之事，也令全港遭殃受害，罪孽深重——與其任由奸佞歹戲拖棚，內幕重重，不如自己上！」

「我要上船了嗎？」

「還沒到，香點得差不多了我再告訴你。時辰很重要，差一分一秒，都不行。」

「我和BB有危險嗎？」

「你是阿飄，自由行了。」師傅笑：「想去哪，該去哪，憑良心憑己意，有恩報恩有仇報仇，誰利用過你傷害過你也間接傷害好多人，你可以去探訪、親近、夜會、入夢問責、尾隨不捨、日夜相纏……那些黨棍、政棍、神棍、狀棍、警棍和情棍……」

「他有搬過另一間安全屋嗎？」

「搬到天腳底你也可以找到的，真幼齒！」師傅道：「安全屋禮賓府再守衞森嚴，對阿飄沒作用。」

望着點燃了一大截的線香，小穎忽地傷感……

她道：「師傅，第一次見面，你對我好，指點我，送我一程。」

她抱着懷中布包，向老人深深一鞠躬，又道：「不知怎麼報答你——」

「別別別！用不着！」師傅忙阻止：「我也是第一次這樣幹，不是送上路而是送回頭——也有點冒險的。如有什麼後果我承擔也罷。」

台灣諺語：「一枝草一點露」——就算是一枝小草，上天也會眷顧，賜予一滴露水，讓它活下去，何況是人呢？何況是客死異鄉的亡魂呢？

憐憫眼前只得20歲的弱質小女生，縱是穿花蝴蝶，落得如此下場也……

「師傅，」小穎問：「我們以後還會再見嗎？」

「不會。」

太直白了，她露出失望神色。

師傅只得回答：「無要緊，我雲遊四海，打抱不平，也不過是舉手之勞而已——好啦好啦，隨緣吧，善緣惡緣都天注定，也許以後在意想不到的地方再見。」哄小孩一樣，就是別讓她不捨，不安。

如果命運能夠選擇，又怎會有那麼多的不捨、不安？但生命不是劇本也不是小說，無法鋪排，預知結局，趨吉避凶，只可往前走……

「準備好了。」師傅道：「快了。」

小穎嚥一下口水，企圖把忐忑吞下肚子中。

「冷嗎？」

「不冷。」她又道：「只是餓。」

霜降是廿四節氣中的第十八個節氣，也是秋季中最後一個節氣，已入深秋——「氣肅而凝，露結為霜」，雖是初霜，不耐寒的植物已停止生長，只有楓樹淒美，霜葉紅於二月花。如血。

深秋鬱悶疲倦傷肺，寒意襲人更易悲觀……異鄉遙遠，找不到回家之路，得不到親友香火供物祭祀，飄零而飢餓，更怕受欺淩……

「呀！」師傅忽然省得：「我忘了，我有東西送你上路！」掏出一個紙包。

「冷了。更好。」

「是什麼呀？」

「瞧！」師傅把紙包給打開：「正宗本土品種，台灣最好吃的栗子是嘉義中埔的，金黃油亮，每一個都結實、香甜——我們喚『黃金板栗』啊！」又道：「我這包鹽炒的，擱久了忘了吃，冷了你更合適，管飽，『十個栗子能頂一碗飯』。」叮囑：「你可以嚼爛餵孩子吃一點。」

「唔——」小穎皺起鼻子：「有大人口水不衞生。」

「不會，鄉下人嚼米飯餵孩子常有的。」師傅道：「栗子也有意思——栗子就是『律子』，不是講規範他管束他，而是教孩子自律自重，有良心，求公義，不一定當有名有利好額人，逐頓食的攏是山珍海味，要緊是做個堂堂正正的好人！」

律子，是父母心；「子」，年輕人，也是未來的希望——但，社會中竟有人恃權害子、殺子、吃子……

把栗子塞給小穎，師傅合指一算：「不說了，時辰到！準備好了！」

師傅先把紙船在香火上過一過，無法壇無供桌無香燭，他淨心聚精會神，清除雜念，以劍指在紙船上空書符、唸咒，當中有「……知其人，知其事……乘風破浪，平安抵埗，報恩報仇，了三年夙願，還亡者公道……急急如律令——」

喊道：「坐安穩了！」

「謝謝師傅！」

大喝一聲：「勅！」

那紙船馬上「蓬」的一下子自燃着火，紅光瞬間已化作飄緲的灰蝶……船啟動了，四下回復寂靜。老人不在，小穎和ＢＢ回香港了。有些人明天是莫測的……但，平生不作虧心事，半夜敲門也不驚。

——今天，2020年10月23日詭異的霜降已過了，「霜降一過百草枯」，但也是她行程之開端……轉眼立冬了，11月7日，以後也是奇特日子吧，大選、大亂、大戰、大去、大換班——難料。小雪、大雪、冬至、小寒、大寒，到立春，這一年就走到盡頭了，那麼難過的一年終也過去。

行天宮開了大門，廣納信眾，也有濟世為懷的神秘過客，不知何方神聖？寺廟中人沈默微笑，不問，不說，也不理。

剪刀

外孫女雯雯已失蹤一個多月了，鄭婆婆擔心得吃不下睡不安，淚流多了雙眼變得又腫又澀。

15歲的雯雯是個可憐人。3歲時父母離異，因為父親北上包二奶還生了個仔，母親氣瘋了，離婚後父另娶母另嫁，不願帶她做油瓶，又恨只是個女的，沒用。外婆不忍，撫育雯雯成長，省吃儉用但相依有愛，雯雯生性，志願是考大學或當護士，看哪個比較有機。

一般人生在這樣的家庭，性格都較抑鬱、孤僻，但雯雯天生開朗，不認命，對明天充滿憧憬。

近期她常與一些同學、朋友相約，參加爭取自由民主的遊行示威——這是鄭婆婆不明白也沒經歷過的，反正全香港的人也無太多經歷，只是年輕人明白。

「婆婆！婆婆！」

這晚她心緒不寧，半睡半醒。雯雯失蹤了，同學都說，在一次示威中防暴警察與便衣合力夾攻毒打，多人走避不及，負責醫療物資的雯雯也在混亂中被捕了。有人保釋有人遭檢控有人被判刑……雯雯人間蒸發。鄭婆婆對時局形勢不大理解，只是個小市民老人家，只求找回相依為命的外孫女，看着她長大、讀好書，識個好男仔，結婚生子，就欣慰了——她耳畔聽得雯雯微弱的哭音：

「婆婆我是雯雯，我好掛住你！」

朦朧混沌中，鄭婆婆見雯雯一身濕淋淋，蒼白無血色，向她求助：

「婆婆，你明天到香港仔鴨脷洲海面，拋下一把剪刀給我，記住了。」又道：「你吃藥不要用凍水，傷胃，要用暖水。我床頭那個音樂盒有錢和戶口冧巴，留給你……」

鄭婆婆一驚而醒，像交帶後事？莫非雯雯……但她要一把剪刀幹麼？

只覺不祥。

鄭婆婆在疑懼中，與雯雯的同學們聯絡，她們也為她音訊全無而焦慮。

「雯雯還沒有男朋友。」婆婆歎：「如果有個男仔保護就會好些。一個細路女……」

同學們在網上在報上在圈子中，皆得悉不少失蹤示威者無法找回，不知被押送到什麼地方去？或者已經死了？被跳樓被上吊被浮屍……

在港九新界，每隔幾天，青洲、昂船洲、海怡半島、石澳、屯門、西環、白石沙灘、城門水塘、土瓜灣、長洲、尖東、油塘……的海面，都發現浮屍，甚至是游泳健將，也赤裸「溺斃」。

「婆婆，寧可信其有，雯雯指出地點，一定是出事了，才報夢求助的。不要放棄任何機會，我們陪你去。」

鄭婆婆匆匆拿起她常用的，那把子上纏了紅膠帶的剪刀：「這把剪刀利，好用。」

來到香港仔鴨脷洲，茫茫大海，在陰霾中格外悽愴。

「雯雯，你收下了！」

剪刀被拋下海中，往下沈去。

她們在岸邊等，看會發生什麼事？等到天黑，累了，沒有動靜。

「雯雯！雯雯！」婆婆悲呼，沒有回應。

「不如我明天請師傅來，拋個西瓜落海，試一試，好過空等。」

「為什麼要拋西瓜？」

「就當是死在水中吧，海那麼大，不知從哪兒打撈……」小朋友不了解民間的神秘傳聞，但尋友心切，當下相約明日上午再來。

鄭婆婆請了位相識十多年的師傅來幫忙「招魂」，帶了招魂幡、公雞、

雯雯的照片和衣服、雨傘……在海邊拋下一個西瓜，大呼雯雯的名字……

岸上的人都悲憤心焦，盯着漂浮不定的西瓜……忽然，大夥見到西瓜不遠處，浮起一件「物件」，它是一具屍體！

有人報警報消防，打撈上船上岸的黑衣女屍，手上緊握的，竟是一把剪刀！

消防人員合力把女屍搬上岸邊，上身穿黑衣，但下身赤裸，沒有褲子沒有內褲。雙手僵硬前舉，一手握拳，一手握剪刀——鄭婆婆認得驚呼：

「那是我昨天拋下海中的剪刀！」

現場的人都見到女屍腳部有長繩，是堅韌的尼龍繩，另一端纏綁着健身啞鈴，有2個，尼龍繩有「被磨剪過痕跡」，看來還有2個啞鈴鬆脫掉在海底。

啞鈴為增加重量，令屍體沈墜，不易浮出水面。消防人員一瞧，相互道：

「生前溺水，一定有劇烈掙扎，口鼻氣管會有泥沙和氣泡冒出，但這條屍——」

「看指甲和手指罅沒夾雜泥沙、水草，而且肌肉僵硬，五官清楚，沒經發酵腫脹變形，應該是死後才落海，而且之前雪過，定晒型。」

警察來了，記者也來了，問：

「近期好多浮屍，今日這具，根據認屍的鄭婆婆表示，外孫女雯雯已失蹤一個多月了，生前在遊行示威現場被捕，一直沒有消息——」

警方回應：「死因無可疑。」

「但屍體只剩黑衣，下身赤裸——」

光是女屍赤裸，疑點已很大。

「案件無可疑。」

「屍體手腳都有被綁過痕跡，消防人員也懷疑被雪過一段日子，」

那麼明顯的疑點，還未解剖驗屍，檢測胃、肺、胸腔積水情況，怎可能完全罔顧？都是問號！

同學扶着悲痛欲絕的鄭婆婆控訴：

「雯雯死得好慘！我們要求驗屍，由法醫法官判定。如果她不是自己剪斷條繩，怎會浮上來……」

婆婆回頭一看，咦？那把剪刀呢？不見了？消防人員也面面相覷，明明緊握在手……

所有人收隊、回家，家人要速速處理火化，還上什麼死因庭？

這夜在朦朧中，見雯雯來道別：

「婆婆，你保重。我不甘心，即使永不超生，我也要報仇！」

想到被捕、被審問，那不知什麼荒郊建築，那不知什麼禽獸人渣，把她蒙頭輪姦，一個、兩個、三個、四個……其中一個失手把她掐死……15歲的亡魂緊握那把剪刀：

「我一定報仇！」

是你嗎？

「林生，你這兩天睡不好？怎麼變了熊貓眼？」

看來真的太明顯，騙不了自己也騙不了人。

這公司他入職不久，也沒什麼親信、老友、打點一切的女秘書，不比從前，有什麼事給個指示便有人跟進。

而且落泊也不可告人——是不知如何開口，如何解釋。

如今錯開時間 work from home，他返工日子在週一、三、五，每二、四、六待在家中，就沒發生怪事。

怪事？

搞到他一見此情狀也想逃出去。不敢回家？大半個月前，某日，他加班後回家，發覺一向亂七八糟的房間收拾得很整潔，他忘了是否自己的勞動成果，但即使想想想，想破了腦袋，他不可能花時間工夫去執屋，沒有工人也沒有女友——他這幾年一個人住，將將就就，有點頹喪。

「林振鋒」這名字起得很有大志，也是父母的寄望。不過父親早逝，是母親把他帶大，撫育成人材。他在一家銀行資訊科技部門升上高層，事業一片好景，天天忙得不可開交，前妻也常埋怨他用在家中的時間太少了。

「前妻」？對，他們3年前離婚。她在投資公司工作，也是醒目能幹職業女性，但在2014~2016年間，看清了政治局勢，決定帶着女兒移民。他們都有BNO，再杞人憂天，並不急着要在異鄉過活，怕找不到同樣理想的工作。意見日益分歧——且女兒也大了需要選擇外國學校，前妻把心一橫，離婚他去。

林振鋒着實是個工作狂，對妻女有虧欠，他甚至記不起她們的生日，女兒與他不親，很少談心事。每隔幾年升職加薪，錢彌補不了愛。他把以前的房子賣掉，給了妻女一半，到英國安定下來。

誰料厄運來了，反送中運動、嚴峻的武肺疫情，香港百業蕭條，「謠

傳」他銀行全球裁員3萬多人……而他收到大信封絕非謠言，那天之後他覺得自己才48歲就已經死了大半截……

難道真的時運低？

一個人時運低，就很容易生病，是因為身心的抵抗力弱吧。

當頭痛欲裂的林振鋒打開家門，怪事又發生了：——

他很久沒看的雜誌和舊書排列整齊，書桌收拾好騰出一大片空位方便home office工作，電腦也抹拭過，垃圾桶清理了，亂丟的衣物內衣褲洗淨了，還有，找了整個星期也找不到的USB，已放在當眼處，一定是掉到某角落，鬼揞眼看不見……

雖然恐怖感油然而生，卻無跡象顯示——而且，鬼沒有捉弄、作祟、加害。

如果是人，那誰會上門幫他做一切家務？自己這個單位只是「居所」，不是「家」，自離婚後一個人住，更無家的感覺。

是前妻嗎？怎會？她與女兒已移民定居英國。是 Maggie 嗎？只在雙方有意還未正式拍拖的階段，他年紀不輕又婚姻失敗，怎會草草再投入？是朋友、同事、鄰居代他請個鐘點工人？趁他不在家時打點？也沒可能，銀行的舊同事人人自危自顧不暇，都踩在裁員鋼線上，新公司同事更談不上交情，鄰居又怎會為照顧他着想？吃飽了撐的？

舉目全是陌生人！

他有點昏眩，不摸額頭也知發燒，便遲鈍地走到廚房，開雪櫃取瓶水來送藥——但雪櫃門開不到？奇怪，一看，几上熱水煲有開水呢。也沒多想，先吞了兩顆頭痛丸。回頭再用力打開雪櫃，咦，這回輕易又開到了，是誰阻止他？是誰為他準備了不傷胃的開水？

「你是誰？」

他向空中暴喝一聲：「你出來！」

一個稍縱即逝的白影子，忽地閃進他房間，閃進衣櫃最底層的抽屜。

他在發燒，迷迷糊糊兩眼昏花，但也鼓起勇氣猛地拉出抽屜——

他怔住了：

「……是你嗎？」

搬過幾次家，衣櫃都不同，但相同之處是：這底層堆放了他半生的雜物、文件和回憶……

平日很少拉開，也沒時間回憶，都是裝箱拆箱入屜。

猛地拉開，映入眼簾的，除了大堆舊物，還有個公文袋，存放着早逝的父親和18年前死去的母親死亡證、殯儀收據、灰位、墓碑等文件，以及照片……

他心頭一凜，但沒有恐懼：「媽——是你嗎？」

沒有回應。發燒得迷糊昏眩又乏力，他勉強起來，滿屋子的走，找了多遍，角落也不放過，終於筋疲力竭倒在床上，睡去了。

一隻冰涼的手撫在額頭上，熱度好像減輕了，沒那麼辛苦，那時他5歲。他下意識伸手要揑母親的耳珠，那涼涼的感覺舒服，那時他9歲……

手伸在半空，周遭一片孤寂，夜燈也沒開，矇矓又神秘，五內空虛失落——母親已走了18年，他記得她的容顏，記得她的聲音：

「鋒仔，你總是這樣大頭蝦、冇耳性、唔執拾，穿過的衣褲又忘了洗……以前有老婆也不需要媽，現在來幫你一下——不過幫不了多久……」

鋒仔？沒聽過這叫喊很久很久了，慣於報喜不報憂的兒子，也不容易坦述自己的難處：

「媽，你明天來嗎？」

——說到痛處，那一天他在上海公幹，母親說弄了豉油雞等他回家吃，事業心重的他，為了會議要延後一天上機，誰料母親已心臟病入院，猝死，失去就失去，沒有明天。自此他不大敢打開這個抽屜。也不吃豉油雞。

「過了今天我就投胎了。我照顧你這一陣，以後真的永別——呀，鋒仔，廚房有白粥，你睡醒再吃，要戒口，還有，樂觀D積極D，天無絕人之路……」

平凡母親的聲音漸輕漸冉，像個遙遠的夢，夜半來，天明去，來如春夢幾多時，去似朝雲無覓處。

年近50的大男人，像個小孩，哭得稀里花拉：

「媽！媽！」

毛巾妖

愛上了阿 Sam，還以為此生都可以陪伴他、守護他——因為他也很專一，捨不得拋棄我。

最初，自己只是渾渾噩噩一片天真，沒什麼感覺。最初，也不知自己屬於誰，而且當時無意抉擇。

是在一個炎熱的日子，阿 Sam 參加了社會運動，遊行示威……一身汗，有人把一條毛巾遞給他，他擦汗後，放進自己背囊中……有回警方無故截停遊行，還在鬧市商場發放催淚彈胡椒彈，阿 Sam 中招也中椒了，痛得令他皺眉閉目，不斷流淚，十分難受。

ＦＡ（First Aid）馬上上前為他沖洗眼睛，這些前線的義務急救員有男有女，都很有心，還不顧自身也有中招危機，先救人再說。

「你ＯＫ嗎？要毛巾嗎？」一個ＦＡ問：「現在好多了？」

「謝謝，我有毛巾。」

——嚇得我！那是一個清秀斯文的少女，我怕阿 Sam 跟她有點什麼聯繫，又用了她的毛巾忘了我，幸好他把我拎出來，擦汗又擦淚，然後混亂中，他倆已失散，再無印象。

我才放心！

他也遭警棍毒打過。最恐怖的一回，是驅散唱歌和喊口號的人群時濫暴，四散逃生，不知是橡膠子彈海綿子彈布袋彈，總之是有殺傷力的彈藥，射中了他，阿 Sam 額頭受傷，血流披面，我害怕到軟成一攤，怕他中彈失明，因為已有數名示威者和記者，無辜被子彈射盲了……

「我是否盲了？我是否盲了？」他失控狂問。

這回僥倖，沒有失去視力影響一生，向誰申訴索償？他用毛巾抹血，我也奮力幫他索血——到底他沒扔掉我，帶回家中清洗，珍惜這個一次又一次出生入死的同伴，因我在，也吉利，沒送命。而吸收了一個21歲大學男生的血汗淚，我也有了靈性，我屬於主人，矢志不渝。

——忽然有一晚，他拋棄我！從此就再沒有見到他……

沒想過有被阿 Sam 拋棄的一天，不辭而別，還不再回頭……

過去一年，不止阿 Sam 流着血汗淚，香港街頭也充斥着血汗淚——這個我管不了，光為他一人服務，給他撫慰，一條小小的有靈性的毛巾，只能做到這樣。

但香港病了，也走向末日了，像阿 Sam 一代的年輕人，經歷史無前例的為爭取自由和民主的抗爭。

「呀！快走！不要死！」那晚他又發噩夢了，午夜驚醒一身冷汗，他在水龍頭下把頭臉潑濕，勉強鎮定，用我擦乾水漬，用力擦用力擦，我也疼。這一陣子天天夢到手足被警棍打得頭破血流全身骨折，還被跪壓至不能呼吸，女的被強姦成孕墮胎、男的被跳樓……每回都在尖叫中悲痛中醒來，對莫測的明天絕望……

——直至有一天他不見了！第二天沒回來，第三天沒回來……Sam！Sam！我發出微弱呼喊，連他的父母也不得不面對：Sam 因常在街頭遭警截查、跟蹤、hack 網、同路人連番被上門搜查抓捕、國安法殺到……把心一橫，流亡台灣。兒子才 21 歲，付出了前途和自由的代價，幸保一命，創傷後遺症和前路茫茫的擔憂，寄人籬下日子不好過。

有些父母劃清界線不認子女，換門鎖、改手機號、報警……令他們如同「孤兒」。Sam 的父母怎捨得？

「想去探阿仔，又要等到疫情過後通關……」他們的眼淚淌下來：「本來過得好好的，為什麼香港變成咁？地獄一樣……」

我知阿 Sam 或許在異鄉某個角落，唱在港被禁的《榮光》，但歌詞改了：「紅磡太子站旺角道　元朗大埔道洗衣街　長洲美麗華　大澳新屋

嶺　秀茂坪灣仔西貢……」——人人熟悉又陌生的東南西北大街小巷，香港！我也曾陪伴過他，卻無法守護。

淚流多了，我一天到晚濕漉漉的。

父母常來執拾清潔兒子房間。

「咦，天氣又濕又焗，這毛巾整天不乾，會發臭，不如扔掉吧。」

「不，洗洗烘乾掛回原位，阿仔的東西不要亂丟，留下等他回來。」

——我也在等他，想說一句「祝君早安」，淚又流下來了……

蛤蜊精

出來撈，當小三小四，我真係自己知自己事。

先天條件不足，也沒什麼心理病情緒病，總之上床張腿，飯來張嘴，做佢條女。

我沒那麼幸運也無再大福份，遇上紂王、彤叔、肖建華、大劉、岐山伯……做不成妲己——我認命，你是什麼就吃什麼，並非個個都食得起「大茶飯」，史上最強狐狸精尾大不掉，令人妒恨。

老實說，人望高處水向低流，我亦非毫無野心，不過「遇人不淑」而已。

我是蛤蜊精一枚。

在動物界屬「軟體動物」，雙殼綱（雙殼等同時開時閉的乳罩）。蛤蜊又稱「西施舌」，看，多性感、香艷、誘惑！

不過我出身低微無家世可言，棲於淺海、淡水、河海交界的砂質或泥質水底。台灣有一俗語：「摸蛤又洗褲——一兼二顧」，可見我有多cheap。

不過也有優點，食用價值高，味道鮮甜，像絲瓜蛤蜊湯、九層塔薑絲炒蛤蜊，光是油鹽水煮亦美味令人愛不釋手。雖然我細細粒，當不了上菜，但嬌小玲瓏啖啖肉，密食當三番。

姊妹淘都成了庶民美食，我倒有點上進心。自知之明也罷，得修煉人形：「我要當上蛤中天后！」

「嗤！掂掂自己斤兩吧。」取笑我的就不明白了。

「人人也是『宮女恨做娘娘』啦，只消遇到一個昏君，就水到渠成了，妹仔扶正，大過主人婆！」

我上市時年代久遠（別聯想到「撈唔起」），在唐朝。

聽得唐文宗愛吃蛤蜊，沿海百姓得日日進貢，為完成數量，常冒着生命危險下海撈捕，苦不堪言，怨氣沖天。

我便是被這股怨氣吹醒的，要在江湖打滾了，伸個懶腰，險些離罩。

「這還不是我脱貧新生，往上爬的良機？」

唐朝妝容艷麗，衣着性感，袒胸露臂的，我為免官差受惑不能把持，便變身為一平庸漁婦（一點難度也沒有），與兇神惡煞的官差理論：「蛤蜊要數這寧波一帶最好，又肥大又香甜——可是你們天天要來勒索上貢，我們實在好苦！」

大家心知肚明，皇帝再愛吃，早午晚天天吃，又能吃多少？

問題是一幫貪官污吏惡官差，借着皇意狐假虎威，巧立名目來剝削，一來挑肥揀瘦自己倒賣也圖享用，二來呈貨過秤發收據時，從中收取賄賂，不塞些銀兩就多方刁難，刻意拖延。

要知我們蛤蜊嬌貴，得鮮吃，保存不了多長時間，好易腐爛變質，真是紅顏薄命！

但變身漁婦半點吸引力說服力都沒有，恃勢淩人的官差一把推開了：

「廢話！再囉嗦抓你進衙門困牢房！」

我一個踉蹌跌倒，混在一籃子中，化作一個特大的五彩蛤蜊（你們也可目為「現出真身」），雙殼佈滿花紋，色澤鮮艷閃亮，格外引人注目，刀不能開摔打不裂。

「這個寶貝快上呈！」官差從未見過此等奇蛤：「肯定有賞！」

御廚天天精研烹調，漂亮鮮嫩正好做個微微顫動的蛤蜊蒸蛋。文宗皇帝聞奏親到御廚房觀賞，一批大臣也相隨開開眼界……

正當我準備艷姿，趁機媚惑皇上時，忽金光四射，一隻更大更漂亮的蛤蜊冒出來，把我給比下去，當下方知汗顏——本來是三甲佳麗，我已淪為友誼小姐止步。

彩霞繽紛中，那超巨型勁瑰麗的蛤蜊轟然應聲打開，殼肉端坐一莊嚴肅穆又慈悲微笑的菩薩像。

「皇上，這是觀音寶像呀！」

——吓？觀音？我小小蛤蜊精還不冇鞋挽屐走，逃之夭夭？

後來，我和整個唐朝上下臣民都知道了：——

這巨型八彩蛤蜊中，觀音端莊慈悲，又不怒而威的寶像，似玉非玉似珠非珠，藉此點化、告誡，用心良苦，讓皇上警覺，從此戒食蛤蜊，懲治貪官，頒旨各地建寺供奉，「蛤蜊觀音」亦傳誦一時，甚至傳誦千古。

觀音菩薩有三十三法相，如楊柳、龍頭、持經、圓光、蓮卧、水月、青頸、琉璃、魚籃、合掌、灑水……「蛤蜊」是其中一相，亦我等小精小怪望塵莫及，不敢正視。觀音一出，我也黯然而退。

而且這唐文宗李昂，亦一平庸皇帝，雖有心，但無力，「甘露之變」

後更被宦官箝制，受控於家奴？淒然淚下——這樣的主子，無權無勢無錢無力，在位13年，30歲就一命嗚呼了。

不是我「后妃夢」的一杯茶，若是寵愛佳麗享受媚惑，才有發揮所長之良機，看來連門兒也沒有，幸好並無下注。

但經過了千百年，再也沒有愛吃蛤蜊的皇帝、達官貴人、土豪煤老闆了，他們愛的是龍蝦、象拔蚌、鮑魚、娃娃魚……長江鰣魚甚至天價，我這混跡江湖只求享受一下榮華富貴的蛤蜊精，因市道不景，權鬥激烈，貪官下馬，民營國佔，漸無立足之地。

「有一回，還遭當局順藤摸瓜式抓小三逼供，不跑更待何時？」我在屯門公園酣歌熱舞表演，向阿伯拋生藕：「我也是有江湖地位的呀！」

「你們別被什麼三公主七仙女八大媽呃利是。」我撒嬌：「妙妙、婷婷、娜娜……怎及我『癸烚烚莉莉』？」

響朵後，我更趁機多多出席「慶回歸」之類歌舞演出，隆重登場，扭動得不知多嬌俏、性感、姣！

武漢肺炎在港爆發第×波疫情？群組除口罩歌女舞女確診？病毒關我妖精什麼事？

最好全中招，就是我獨市輝煌生意！

棺材釘

讀書無用。

學歷無用。

——即使成績優異，或在歐美高等學府取得亮麗光環，自以為「高人一等」，如果做人基本原則丟棄了，靈魂讓野狼叼去，良知化作惡臭膿漿……即使位高權重，亦不過行屍走肉。

女市長自詡的打手美譽、學歷聲價，一一遭褫奪，名銜和人格都付諸東流了，得不到她瞧不起的庸碌下屬之尊重，更可恥的，是不得不向小學雞主子諂媚，言聽計從，把市民血汗公帑和強制檢疫ＤＮＡ數據雙手奉上，以求保住權位，否則死得很慘。

所以，讀書有何用？學問不值得苦追，掌權者以權為重，其他一切嗤之以鼻，還談什麼因果？

女市長洞悉玄機，不但自己不再重視學養，連帶在海外著名高等學府進修的兒子，也功虧一簣，從此不是讀書人，果真是「家教」。

「阿仔，你再勤奮向學，贏取榮譽，建立名聲，到頭來不過成為最理想的人質吧了。」

「媽媽，家有急事，生為你犬子，明白的！要為媽媽做出一些犧牲，願意的！」

當然，失學兒童有種就脫離關係自力更生——但溫室小花能力和個性都辦不到，明白的，願意的，也就一生了。

女市長一生已到收尾幾年，受外國制裁下更只是「庶民」，連銀行戶口信用卡也用不上。年來社會運動民意沸騰，一度令女市長灰頭土臉，死死氣認低威。

幸好來了一場瘟疫，幸好借疫打壓，幸好主子給她機會……

其實另有真相。

貌寢陰毒又孤單的女市長，悉心塗脂抹粉面對公眾，表示：「經過了過去6月份至今年很大的衝擊，怎麼說？我又回到從前的我了！」

不是死過翻生而是衰盡回魂？回復當初剛愎自用寸嘴傲慢，只因為「篤定」二字的召叫。這與天主無關，偽教徒哪有資格？

——只是近日收到一份神秘的禮物……

來者並非稀客。

背後連番官商勾結，一眾親建制的防疫、檢測、建設、大白象工程既得利益者，都不希望「收成期」受影響。

女市長年來已不敢出街了，莫說個人自由shopping恤個髮，就算有隨從保鑣保安，舊區派口罩show也被街坊粗口辱罵，「受歡迎」度可想而知。

這晚到官邸的代表3人，是大機構高層，他們與公司領導人一直擔心女市長失勢，一旦下台後再也不能「雨露均霑」，且秋後算帳，棄如

condom。

——這年頭，不但翻臉不認人，且用完即棄，根本無「初心」可言，都擺上枱利用了，如殺人犯（一屍兩命）阿佳，被利用為「還死者一個公道！」，「為死者父母伸張正義！」，強推送中惡法不果，之後再也不理會死者及其父母，視而不見聽而不聞……

難怪人人鄙夷女市長無人性、無人格。但來者逢迎有術：「尊敬的市長，我們這回給你搜尋到一件稀世奇珍！」

有人忙作推介：「別瞧它不起眼，年份不詳，但靈力十足。」

有人急於補充：「我們是在市長浙江故鄉經多番努力才找到的，你知江浙一帶不止富饒，文化且高深莫測。」

「這精緻手鐲，非金非銀非鐵非鋼，是貴重的銅鑄，看，多亮！」特地在燈下映照。

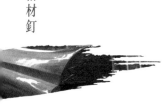

「有什麼了不起？」女市長不屑一顧之嘴臉：「銅？戴出去也不登樣。」

「不是戴出去，當你需要時，戴着睡——它辟邪、增運、預知，顯示你的能力和精神狀態，運來黃燦燦，運去黑黝黝，氣場不足便加以補足，入夢之警語，醒後要記住。」

「因我們對市長寄予厚望，冀可長期合作，請笑納並多加運用。」

沒說出來的，是「大家拍住搵食」；還有，那神秘黃銅手鐲有來頭：它是由「棺材釘」重鑄而成！

知道「棺材釘」靈異作用的人不多，肯定是行內的。

在沒有火葬的年代，屍體都裝進棺材入土為安，下葬前的棺材得釘上釘子，釘牢釘穩，這七根長釘，又稱「子孫釘」、「鎮魂釘」，能保佑後代興旺發達，趨吉避凶，必要時還具神秘力量。蓋棺下釘其實不是七根而是六根半——留下一根未釘死的釘子，給死者親人動鎚，他也不會一釘到底，這最後一根有一半餘地的。

「棺材釘是須有先人下葬，之後種種原因挖墳起骨遷葬……時，才可撿拾收集，再鑄造成隨身飾物。」來客道：「且靈力因人而異，像尊敬的市長，人中龍鳳，才發揮得奇效，夢中有警語可悟。」

女市長日夜向主子諂媚，所以特別愛各界奉承，好平衡扭曲的心理。當下甚為歡喜。

「唔，不錯，真那麼靈驗，我就可藉之保佑連任，權位更上層樓了。」

不想表現過於興奮，她如常皮笑肉不笑道：「下次啦，下次授勳名單必有你們和大老闆幾位——今年爆晒棚，餅仔要分予警隊同撐警之符碌，連死忠派堯堯和阿佳仔都冇，一個白犧牲了父母山墳，一個殺人來成全我的逃犯修例，都有功。」

女市長近日一覺失運，便戴上這手鐲，有時它由暗黑變成金黃，有時又由明亮變得黯啞，似為主人增運，或示意她收埋自己少出醜人前。戴之入夢，女市長總聽到「篤定」、「篤定」的提醒。

她想：「只要萬事『篤定』，還有什麼問題？」

只是這「篤定」漸漸不靈了，她沒一件事做得對，沒一句話不令人反感，氣色和運程也日差，不但制裁令禍及家人，連仕途也起暗湧，接替者蠢蠢欲動，還不止一位兩位，報導也別有用心。

「沒理由！」她一覺驚醒，冷汗涔涔……

——當然是吳語音誤。

靈異的棺材釘手鐲，早已重複提醒。蓋棺下釘之際，子孫齊喊「躲釘」、「躲釘」，躲開讓一讓，以免靈魂被釘死，且做絕事，不留位，不留餘地，大凶！

趕盡殺絕，作孽太重了。忘了「但存方寸地，留與子孫耕」——其實這是棺材釘的深意。

火山孝子

孝子

百年前，省港澳煙花之地（即是妓院、大寨、銷金窩），有所謂「火山孝子」。

有些妓寨常在門外大撒溪錢招客——「過路溪錢引死人」，以示十分吸引，也冀遊魂野鬼迷其心竅，把瘟生推送入來光顧；也有些在供奉地主的神位旁邊，立個披麻戴孝手持孝杖的公仔，是為「孝子」像，希望嫖客像虔誠聽教之孝子，時來孝敬、供奉、幫襯。

世上各國都有妓院，妓女供人洩慾以營生，歷史源遠流長，只有中國，嫖妓是另類「文化」，亦有一套程序，某些忌諱，以及有趣的專門詞彙，是這些小天地小王國中的特色。

夜夜笙歌紙醉金迷的風月場所，也像火坑，危險而熾烈，正當人家會覓路避開，但沈迷聲色，不顧自己家庭、前途、財產、健康，非要一頭栽進無底洞熔岩堆，任性肆意，先享色慾銷魂，這些「專注」的嫖客被稱為

「火山孝子」，清明中秋重陽大時大節依時依候拜山、祭祀、慶賀、厮混……牀頭金盡孝子無顏，傾家蕩產，妻離子散，甚至為花死為花亡，真是廿四孝！

每年農曆七月，仍未超生的岑德固（1879~1902年），都到他墓園「搞破壞」——他根本痛恨自己得享之榮譽。

一般人死後，也就是一坯黃土六尺之棺，墳墓再堂皇不過是泥石，但他竟享一個墓園，在廣西桂林靈川縣，牌坊、石雕、石柱、花木扶疏，定為「岑孝子坊」，為「紀念」他而建。

晚清，岑德固死時年才23，青春年少。岑家財雄勢大位高權重，祖父岑毓英是雲貴總督，父親岑春煊是兩廣總督。他身為長子，縱才疏學淺不務正業，也因祖蔭，生活無憂。

23歲就死了，當然談不上什麼功績——難道「孝子」便是他一生最偉

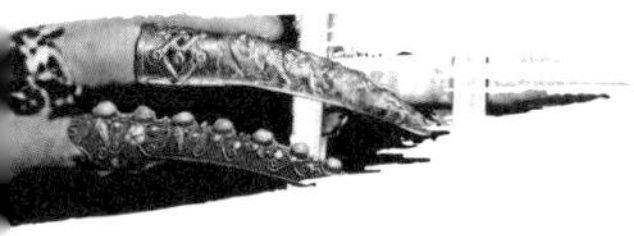

大的成就？

這其實是他最羞愧最希望一筆勾銷的前塵。恨不得刺眼的「玩笑」墓園倒塌：一年放火，一年盜竊，一年把刻着「旌表」二字的石碑砸掉……

臉紅啊，鬼也有羞恥心的。

岑德固之所以羞，正因他的「孝子」名不正言不順，枉擔了「欺世盜名」之罪。其死因不可告人，決非史料中之偉大。

死後審判，牛頭馬面黑白無常各殿閻君都不齒其行，連眾鬼也反白眼。

「大人，我實在沒有鴻圖壯志揚名立碑，欺騙後世景仰，我死前也有遺書，只是他們沒理解沒照辦，反陷我於不義！」

「那你每年鬼門關大開之時，到陽間把假墓園牌坊砸掉，面對現實，還原真相，做人做鬼也不可因循拖欠。」

還下令：「辦不好，不易投胎再生。」

「唉，冤枉呀！」他暗想。

閻君通靈，斥之：「享盡盛名，還呼冤？速去！」

由晚清光緒，到宣統，到民初，到中共建國，到2020年了，「岑孝子坊」雖已過氣，但年復一年依舊苟存。說來，也實在身不由己。

這官三代，祖父固然位高權重，父親更赫赫有名，光緒年間，參與過中日甲午戰爭、戊戌變法，八國聯軍侵華時又護駕有功，慈禧甚為青睞，官至兩廣總督，成一方封疆大吏，連袁世凱也不放在眼內，益顯驕橫，以慈禧「一看門惡犬」自況，晚清重臣不可一世。

「可惜生兒不肖，怎麼扶植也難出頭。」

就恨無功、無名、無建樹。

有日，岑德固生母劉氏患病，兒子奉父命侍候母親自杭州至湖北治

病，途中她病情加劇，至漢口已藥石無靈，病逝。岑德固悲痛萬分，料理後事，以「男大不孝，以身殉母」為由，絕食而死……

是否驚天地泣鬼神超級大孝子呢？

只有岑德固心知肚明：「我哪有如此賢孝？」——紈絝子弟風流倜儻，如脱韁野馬，一離父母管控，便耗在青樓，沈迷酒色，縱慾掏空，花柳病亡。心知死得不光彩，敗壞家聲，遺書中還要求「擲屍長江，以贖不孝之罪。」

以身殉妓也好，以身殉母也罷，都帶羞意，死了算了，以後休提——是旁人誤會？抑或將錯就錯？「火山孝子」被強封為「殉母孝子」……累到做鬼也沒臉。

死者已矣，但對仍在官場打滾的父親而言，面子才是第一要務！岑德固死因當然掩埋，岑春煊強忍傷心，還間接傳播孝子殉母「壯舉」，打動了兩湖總督張之洞及湖北巡撫端方……總之一眾大員高官，都為他背書，向朝廷請求奏立孝子牌坊，「以彰至行」。

慈禧太后以皇帝名義下達了一份旌表諭旨，大大表揚了「岑春煊之長子岑德固」，建墓園、立牌坊，並「准列入國史，推崇其孝道」。

父親趁此千載難逢之良機，又得老佛爺恩准，且可光宗耀祖，哪怕心知作假，也「謝主隆恩」了。喪妻喪子有回報，值！

「以為可以擲屍長江永不回顧？現還生生世世備受正反兩方研究、調查……一定捅出漏子。」岑德固不是不提心吊膽的：「水落石出豈非更丟人？」

封建皇權腐敗、虛偽、荒謬，他鬼微言輕，只是任人擺佈，閻君下令「自行了斷」，也不容易。

當看到歌頌「奇行」、「大倫」、「椎心泣血」、「家傳詩禮」、「生

有至性」……之類溢美之詞，惡心！奮力打砸，未幾「重點文物保護單位」又由當局維修，「恢復原有規模與風貌」。

這世道，並非種瓜得瓜，種豆得豆，種花柳得花柳……那麼簡單明確，因果了然。很多時是層層恭維，官官相衞，為了龍顏諭旨，為了各方面子，用錯人、賞錯賊、下錯令，都不肯撤回重訂，只強硬一錯到底。

「大人，祈求懲罰一視同仁。」岑德固鼓起勇氣：「世上冤假錯案何其多！明君真是明君？自稱愛國真愛國？同治帝實死於梅毒而非天花，光緒帝因砒霜中毒比慈禧早一日駕崩。舉國流行指鹿為馬、領導巡視之處民眾全公安假扮、山寨告正版，官宣偷片段。連小小香港市，中聯辦主任落區做訪問show，那失業貧困劏房戶，竟是經常出鏡的御用臨記戲子……」

因「欺世盜名」，岑德固投胎之路受阻百年。

他不服，假「孝子」變為真「抗爭」——同屬蹈火山，起碼說人話！

玻璃降

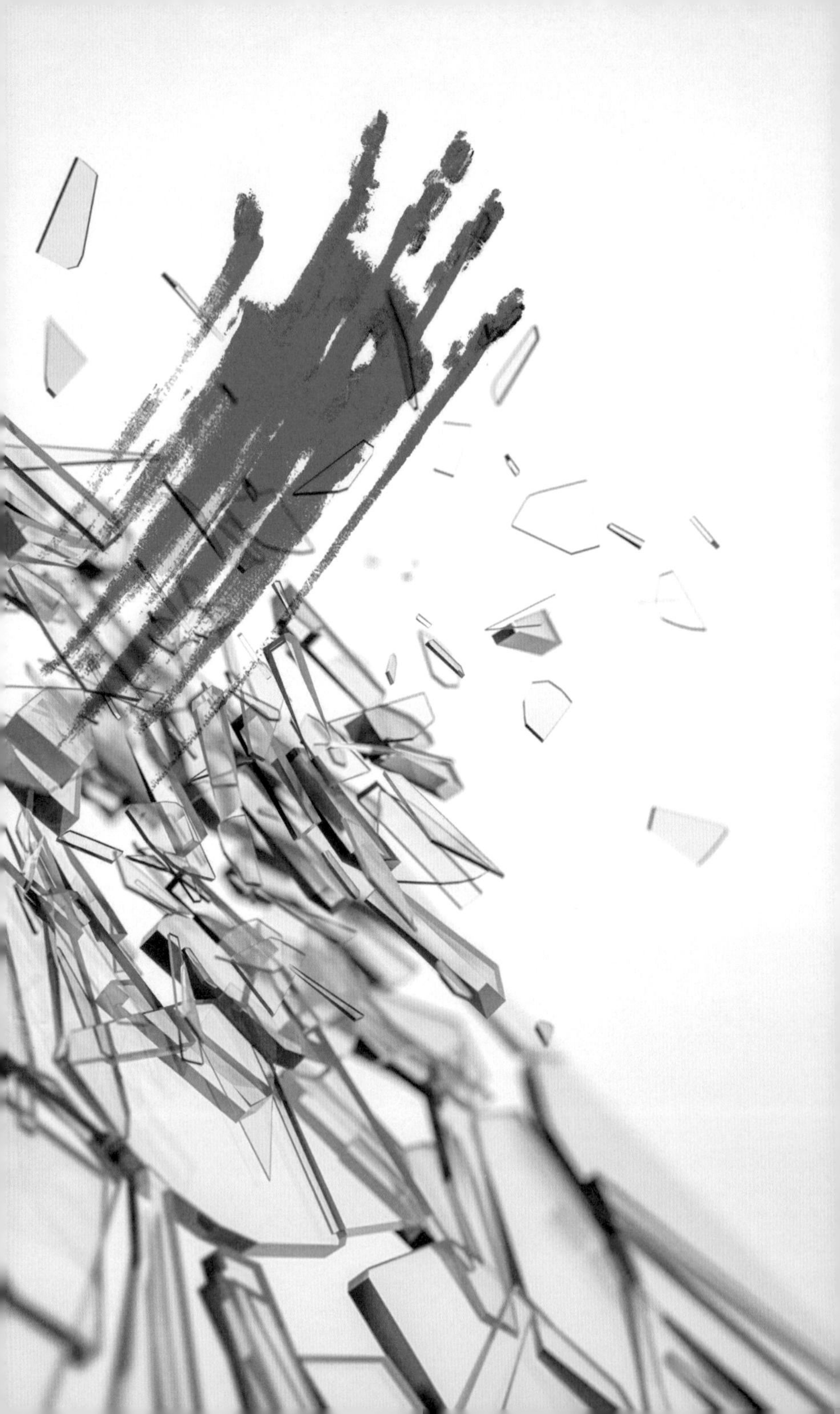

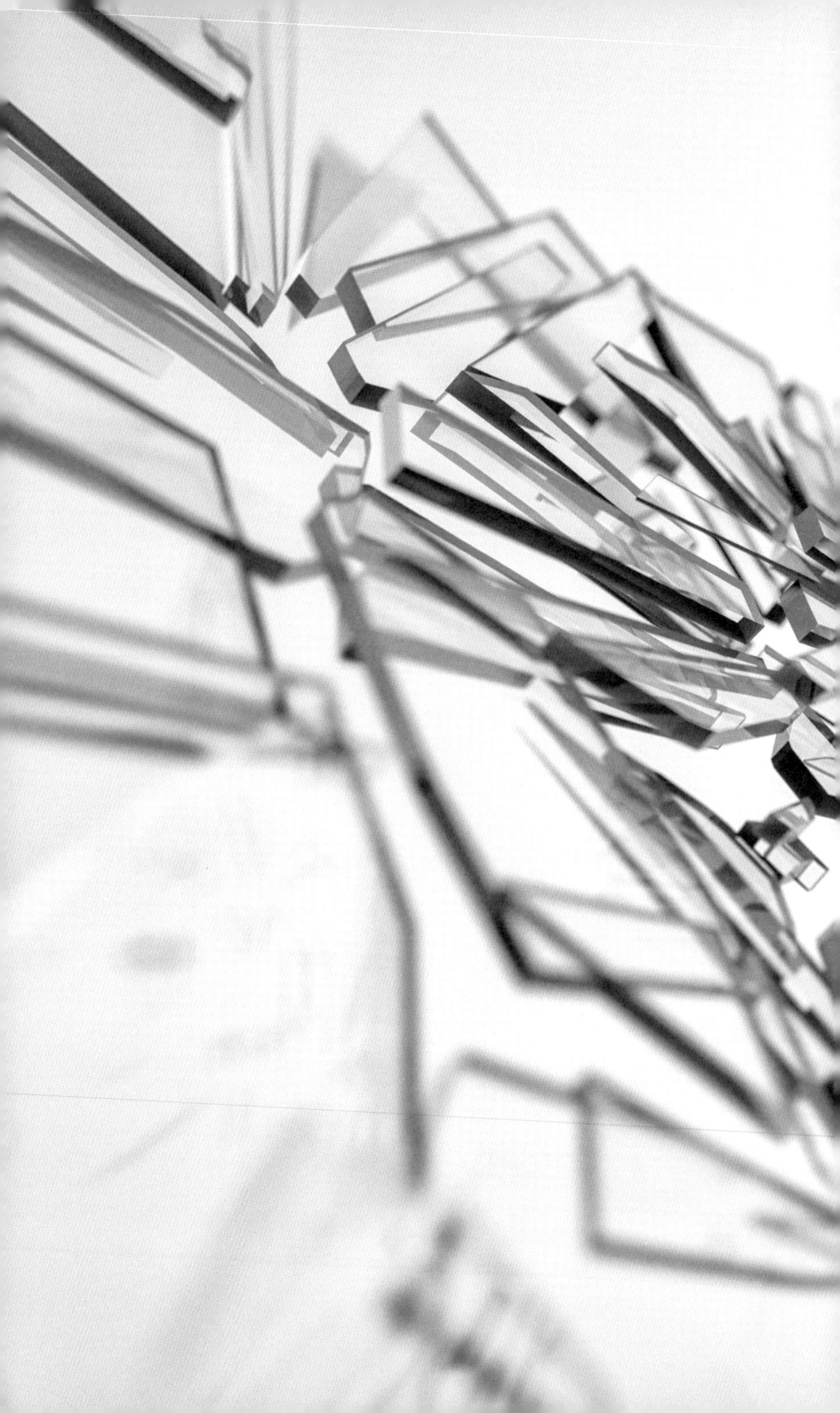

通俗形容詞：「含着銀（湯）匙出生」或「含着金（鑰）匙出生」，都一樣，即是二世祖，打跛腳也一生無憂。對比之下，更多人是含膠湯勺或一次性牙簽出生的，哪有祖蔭？只得靠自力更生。

葉家三少喚「興中」，倚仗他興中？言重了——但他是個有學歷有能力的二世祖，又長得一表人材，與粵語陳片中「紈絝子弟」，和強國的「炫富子弟」不同，且用錢也買得好品味。

他對講究年份、產地、葡萄品種的佳釀甚有心得，對酒杯的研究是特別關注，出色又有「性格」的酒杯，可令美酒更添情趣，除了水晶和玻璃酒杯，有混合了金屬元素的鍍鈦酒杯、鍍銀，磨砂和折射也令杯中物更添優雅層次。

他也擅用米芝蓮指南的「愛情酒」進攻異性芳心——意大利山區名物白葡萄釀製，不但芬芳，那帶着玫瑰、杏仁、蘋果、蜜糖香氣的浪漫，更是催情。

「為什麼喚『愛情酒』呢？」

「大概因為產於羅密歐與茱麗葉的故鄉吧？——沒有深究，享受美酒的時候容不下其他人的名字。」

葉三少與眼前女子邂逅於北京一個宴會，她也是自由自在到處飛的時代女性。這回約在大阪共聚。

「你一點也不像雲南人，印象中那裏很多什麼彝族、白族、哈尼族的——」

「還有壯族、傣族、苗族……是全國少數民族最多的省份，足足25種。」她笑：「不過我是漢族，是現代化新潮流一代，只覺那些古老的傳說有趣而已。」

「你的名字『雲彩』也有點古老呀。」

「雲南出於『雲彩之南』，老爸一時興到改的吧，易記又響亮。」

他忙道：「而且漂亮。」

「姓雲比較好啦。」雲彩笑道：「有姓牛羊貓虎的，也有姓冷姓熱，甚至姓操的……」

「操」？葉三少情陷這雲南索女，不能自拔。

「我才不需那些什麼『天王嫂訓練營』，或者『進擊富二代必勝講座』。」雲彩自詡：「女人有多厲害，天生的。還勞專門培訓？嫁人都有班上？都是些沒自信沒手段的傻白甜！末了還得讓經理人提成。」

女人厲害，大陸女人更厲害，雲南的女人最厲害了。在上流社會欲拒還迎不露吃相的25歲美女，早已成竹在胸。

吃定葉興中了。

葉家地產富戶，大兒子縱慾過度不但不舉，下半身還癱瘓；二兒子是同性戀者，老父早已沒指望——只有三少，傳宗接代掌管王國。

葉三少迷戀雲彩才貌，她家境不錯，唸藝術系，衣食住行有品味，同自己合得來，而且也逃不出愛情陷阱。

奉旨（子）成婚隆重舉行。

「遺憾！」她道：「頭胎是個女的。」他當然也失望，她充滿鬥志：「一定要生到男的為止。」

好不容易有了名份也有分產資格，但，第二胎也是女的。

帶着兩個女孩，葉興中嘴裏沒説什麼，優渥的生活也一直過着，兩女之父沒受到羈絆修心養性，反而有藉口另結新歡。

説變心就變心，比政棍「今日的我打倒昨日的我」更迅猛。

回首，雲彩三個女人應是終結；前望，這拒絕入娛樂圈當明星的美食KOL更加吸引；「食」與「色」都滿足大欲。GiGi還在唸大二，追得好苦！

商議離婚那個晚上，雲彩流的是真眼淚，她沒想到自己有被逐出豪門的一天。當初也是相愛的。

「大家再考慮三天吧？」

「不用了。」他意志堅決：「給你一億，你帶女兒到任何地方再嫁任何人，都是自由的。」

「你不愛我？也不愛女兒？」

「一億。」他微笑：「或者一分錢也不要，這已是最高價錢了。」

「好！」她也微笑。「三天後簽。」

她的微笑帶點苦澀，更帶着狠辣。雲彩這回是有點真心的，畢竟嫁的是個登樣的富二代，他對自己也迷戀。人生說是很長，但又實在很短，過一天少一天，兩個人都江湖老手情場高手——誰也飛不出誰的手心。

想不到敗給大二女生美食ＫＯＬ，如此沒防備的對手。GiGi 還真不貪錢呢，是「人夫」的挑戰吧。

性格不合？緣份已盡？兩個世界？審美疲勞？生不出兒子？……都不過是「不再愛了」。

當雲彩爽快地說「好！」時，心中馬上有了決定。

看死她？「一億，或一分錢也不要」。

「作為一個巫師」，她想：「怎可如此打發掉？」

雲彩的降頭術由祖輩傳授，遭男人遺棄的女人誓不甘休。

關於降頭術，據說有1,500種之多：靈降、蠱降、聲降、迷魂降、飛針降、花降、五毒降、蛇降、蜈蚣降、牛皮降、藥降……是巫術恐怖？還是人心邪惡？有為謀財害命，報仇雪恨，也有「我得不到你也休想」！

祖母說：唐朝三藏法師到印度天竺取西經，回程時路過通天河，遇大風浪，部份經書遺失在湍急的河流中，這小乘「讖」的正本流入雲南道士

手上，衍生了「茅山道」法術，輾轉傳至印度東南亞……在雲南，仍有些人暗中承傳並以「現代化」包裝，取人體ＤＮＡ作法，ＤＮＡ、血型、身體狀況、細胞分析、基因圖譜、後代遺傳疾病、生活習慣……一切在掌握之中，故極權國家千方百計採集全民ＤＮＡ，也可作政治降頭，監控蒼生之用。

「喝過最後一杯美酒」，雲彩簽過離婚書，平靜與葉興中碰杯：「此後你我各有自己世界！」

——這不是愛情酒，而是「玻璃降」。日後，中降者只要品嘗玻璃杯所盛美酒，翌日便會胃痛，一天比一天強烈，醫院的Ｘ光也照不出來：他五內如有大量玻璃碎片，正在咬牙切齒的割裂着……

這不是雲彩第一次報復，她很明白：「只消下過一次降，以後就再享不了真愛。」

——本來她以為可以收山的。

陰兵借道

這天下午，社工張姑娘收到老人的電話，語氣有點急速：「張姑娘，我每個月飯後行街散步的日子，想改在今晚十點半。」

「陳伯，你編好每個月15號的呀。」

因為好些老人有殘疾，行動不便，平日社工送飯送水送被，或消毒用品口罩等物，他們都足不出戶。基於要求，也每月一回帶他們上街散散步，活動一下，不致悶死，這是社會福利，也是人道關懷照顧，不過其實只是半小時左右，因社工人手不足，也忙。很多老人都盼望這「行街日」。

「我希望改在今晚，提早兩日，請求你，唔該你！你帶我去了不會後悔的！」

這是一個奇怪的「請求」。

夜了，紅磡海面出現更奇怪的景象：忽然有成千上萬密密麻麻的銀白魚群躍出水面，濺起浪花，令海水變成一片白色……

這奇景吸引人駐足圍觀，住在高處的居民和途人，紛紛舉起手機拍攝，並火速放上網，更引起大家注意。

「嘩！乜嘢嚟㗎？」

「魚呀！」

「咁多魚跳上嚟？我以為落雨……」

發生什麼事？是天氣和海水太熱？魚群因船隻引擎聲受驚嚇？有微生物聚集該處吸引魚群游近爭食？暗湧？地震？

還是天災的不祥預兆？

紅磡戴亞街海面，這「噼噼啪啪」受驚的密集響聲令靜夜更加恐怖，而大量銀魚掙扎跳動彈到小型碼頭和浮台上，無法跳回水中，以致缺氧而死，更是集體送命。

現場是警方飛虎隊中的水鬼隊行動基地。

「陳伯，你算到什麼嗎？」

眼睛不濟的老人豎起耳朵細聽，以手勢示意：「殊！別聲張！」

他道：

「是『陰兵借道』。」

「吓？『陰兵』？陰間來的兵？」張姑娘大吃一驚：「在哪？」

她忙掏出手機想拍片拍照：「在哪？」

「別拍了。」陳伯視力模糊，但憑感覺阻止她：「萬一你時運不高，拍了些不應拍的，影響自己呀。」

80歲的陳伯最明白這種「因果」。

是不是因窺探陰情，洩漏天機，所以遭了天譴：「五弊三缺」？

五弊是「鰥、寡、孤、獨、殘」；三缺是「缺錢、折壽、無權勢」——

對陳伯而言，他中了「殘」弊，一隻眼睛廢了，一隻嚴重白內障，沒全瞎，但也不濟，吊命靠綜援，生活靠社工，張姑娘是他唯一的盲公竹。

記得是在1962年大逃亡潮偷渡來香港的。在大陸天災人禍暴政活不下去了，十多萬人湧入深圳（當時喚「寶安」），逃亡來港，其中六萬多人偷渡闖關潛入市區；五萬多人被抓捕強行遣返下場很慘，還有萬多，死亡或溺斃……

當年血氣方剛的他攀山越嶺游水上岸，捱了好多天也幾乎沒命。這4月底至7月初的逃亡潮被強行遏止了，成功登陸的也在香港安身立命為口奔馳。

——他對大海有莫明的牽連。

最初幹些粗活：搬運、地盤、洗碗碟、燒焊……一回被「電焊打眼」，疼痛流淚，眼中有沙，傷及角膜，醫療多日勉強出院。在醫院期間，不知如何在黑暗中開竅，懂得觸機，又自學占卦算命，工沒了，在廟街擺地攤……後來稍有口碑，開了個小館。

算命先生多是全盲或半盲，因為開了天眼才關了俗眼嗎？還是既已不能正常幹活便鑽研預測吧？

風好猛。陰風陣陣——魚群躍動更劇烈，受驚瘋狂又逃不出生天。

「張姑娘！」陳伯忽地把她拉住：「雙方都來了！我們讓過一旁。」

「我甚麼也沒看到呀！」聲音顫抖……

「海上來的。」陳伯道：「逼近了，魚群才驚恐掙扎——」陳伯拉過張姑娘：「你不亂動，不作聲，呼吸暫緩像我這樣靜靜的，沒被陰兵發現就好。」

那些好奇觀魚拍照的途人止不住了，後果自負。

張姑娘耳語：「陰兵會來對付我們嗎？」

——說是「陰兵」，當然是陰間厲鬼組成的兵團，這說法甚多，有傳古代軍隊敗亡後怨氣不散，思維停頓在作戰氛圍，團結出動繼續殺敵。但這回出現的，卻是「拘魂」使者。

大災大難大屠殺，死了很多人，有的因太倉卒，根本不知道自己已經去世；有的捨不得離開，日夜戀棧；有的是太冤枉了，不甘心也不放手，一意報仇雪恨……

陰兵鬼差冷任務，是借道拘押亡魂帶回地府——生死有命，不由人破壞陰陽兩界的規矩。

「張姑娘你幫我點好香燭。」陳伯在環保袋中取出簡單祭品：「我要唸經超渡，助亡魂們往生。」

「亡魂『們』？」嚇壞了：「很多嗎？死啦救命呀！」

本來唸什麼經什麼咒都是功德，陳伯的經驗，《地藏經》是超渡效果最強的經文，讓他們看破放下消業，不墮落三惡道。陳伯知道自己在香港

地走上洩漏天機維生之路，多少有報應，所以有心到災難之處：如踩死人的蘭桂坊慘劇、佐敦嘉利大廈大火……盡點綿力點化。

這裏是特警隊（SDU，外號飛虎隊）中，水鬼隊的行動基地。有特別玄機嗎？

風更猛，香燭點了又點，十幾遍才勉強燃着了，陳伯開始唸經撫慰——但亡魂，不肯聽！

最初幾十個幾百個，漸漸愈聚愈多，「被自殺」扔水中的年輕示威者，也有年長的「被滅口」也扔水中的父母祖輩，還有地面來自八方的浴血亡魂……

來了，聚在岸邊、海中齊上齊落，與水面陰兵對峙着，牽成鬼鏈，不走……

福肉

坤寧宮

他是一塊肉。

她也是一塊肉。

這些來自大清的肉，輾轉流傳移徙，遍佈全球。

或許你我身邊都有，不過沒被看上也可避一劫；某些人不幸，便中伏了。

清朝，正式（或自詡）國號「大清」。

「『大清』是『帝國』，我們滿族建立的一個大一統朝代，文治武功盛極一時——」

「唉，可惜，終於『小朝廷』，淪為『偽滿洲國』，實在欷歔！」

「沒關係，大清血脈就靠我們這些『肉』了，人們一定記得，這是多麼的有成就也有奇效啊。」

在明代建州女真的愛新覺羅氏，當上統治者，清朝入關後，共計11代

（若包含清太祖努爾哈赤在內，則共計12代），由1616年至今逾四百年了，此乃歲月和經驗的積累，亦日漸發揚光大的「另類文化」。

他們這堆「肉」，不是人肉，是豬肉。成妖了，帶豬性卻更添人性：醜惡仍自得的人性。

為什麼區區一塊豬肉那麼囂張跋扈？還不是狐假虎威！

她道：「我來自光緒爺年代，你呢？」

他笑：「那你嫩着呢，我是雍正爺時的。」又道：「也有比我資深，都幾百歲了。」

先說這些肉吧，不得不提紫禁城的坤寧宮，內廷後三宮之一。

坤寧宮共七間，東頭兩間闢為皇帝大婚的洞房，其餘五間（口袋房、萬字坑、煙囪坐在地面上），則作為祭祀的神堂，什麼祭天地、社稷、太廟、歷代帝王、先師、先農、先蠶、先醫、太歲、龍王……活動頻仍不絕，朝夕也有祭祀。

每回都請薩滿巫師（薩滿太太）來「跳大神」，消災祈福。戴上面具，用神帽上的彩穗遮臉，身穿薩滿服，腰繫鈴鐺，左手抓鼓，右手執鼓鞭，在各種響器下敲鼓歌舞唱歌，神秘而熱鬧。

「那時天天殺豬，不少於四頭，殺氣血腥真重，可皇帝皇后還親自來行禮呢。」

「沒這般隆重，哪有我們這些『福肉』？」

他倆是在一個商業活動的酒會認識——不，認得「自己人」的。

百年來在港薪優職高，中產階級，有點小權，但未攀至上位——當然，那些大位另有奴才聽令。

散佈全球的「福肉」妖怪，滲透該滲透的部門，心照。

「我是耀宗。」男的問：「小姐你呢？」

「寶兒。」女的回應：「這名字好，用了百年不厭。」

他們多穿白色或淡色衣裳，白、掩蓋了所有混雜不清的黑、灰，和紅。而且他們都姓「朱」，不必細表，多此一舉。

如同和尚都姓「釋」、孤兒都姓「党」、「国」一樣，福肉來自豬，當然姓朱。

「我打坤寧宮出身後也回去過，那兒根本沒人肯住，何況是皇后？現在大家在故宮見到的坤寧宮裝飾佈景，是當年溥儀和婉容留下的——他們大婚時，花了五百多萬両銀子，倒是佈置華麗，不過也只住了三天。」朱寶兒笑道：「公家的錢，愛怎麼花，就花唄。」

朱耀宗道：「若不是祖宗規定，清宮皇帝皇后大婚，一定要住上三晚，誰愛？」

真的，明明是華麗後宮，竟成殺戮場祭祀所，天天聽着殺豬悽叫，傳來陣陣血腥味兒，那感覺催吐——故此虛應敖過那三天後，沒幾個皇后會住在坤寧宮，都搬到儲秀宮等宮殿去了。

「打從皇太極在盛京（瀋陽）訂下規矩，入主中原定都北京，修建紫禁城後，那坤寧宮的殺豬案、大灶、大鍋、分吃福肉的熱炕……就一直存在。」

「我們來自毛色純黑的健康名種活豬，所以基因不錯。」

不過想到自家祖宗被宰殺流程，還是有點不快的。宮中奴才主廚太監把活豬捆綁好，置於案條上，接下來用開水燙——「死豬不怕開水燙」是豁出去了，但活豬那個煎熬呀……好了，燙掉了毛，薩滿太太歌舞「跳大神」時，豬身豬頭蹄子已灌洗乾淨，殺豬、去皮、肢解，切割成一塊塊，放進大鍋添柴火煮熟，供獻到神前。

清水白煮、半生不熟、一點味道也沒有。就是「寡」！

一大盤白水煮的豬肉塊，稱「胙肉」，或「福肉」，皇帝「分福」，後宮妃嬪、大臣、侍衛……得「承福」——因為所承受的福氣來自先祖創業艱辛，打下江山，立下祖制，得時刻恭敬紀念不忘。實為「思想教育」。

御用俎盤跪送帝后的是上等肉，而豬臀、肩、腰、骼部位的肉，分盤擺送王公大臣侍衛們。這些福肉煮時已無調料，切後只是白肉，別說煮熟了已寡淡無味，部份還是半生的，更難吃。

但並非人人有福份吃到福肉，這是皇帝的「賞賜」，而黑毛豬肉代表純潔無瑕丹心一片，蒙主子欽點，得主子青睞，是一種「殊榮」——人臣死後，出殯時還可打一牌子，上書「坤寧宮吃肉」，以示高人一等，永沐聖恩。

朱寶兒回憶：「那時男的在正堂吃福肉，皇后率一眾妃嬪及女眷，在東暖閣吃福肉，都吃得沈默，不能流露一絲難受。」她笑：「怎敢？」

朱耀宗道：「上有政策下有對策，自然有法子『加味』。」

「危險啊！」

又肥又膩又硬的白煮肉，縱有解食刀切細，無味無料終究難以下咽。

朱耀宗道：「有些大臣以綿紙蘸了醬油晾乾，吃時用有味的紙擦上點；有些老狐狸了，袖中早已暗藏小包的鹽，可以沾一下增味，才勉強『承福』。那種偷偷摸摸不敢逆意的小法子，真好笑！管他是運籌帷幄的朝廷重臣，或沙場征戰屢立軍功的將領，在主子跟前，不過是奴才。」

「所以說，」朱寶兒饒有深意：「我們經歷過見識過，就明白『識時務者為俊傑』了。身為一塊『福肉』，掌權者手中分發出去，勝過一眾公卿，做肉比做人好，前途無量！」看來她聰明。

——不過有時大奴才也得看小奴才面色。

好肉通常太監偷吃了，分福只是次肉，與太監關係好，可得悄悄塞來一包椒鹽香料，撒肉上解膩，一旦賄賂少了或得罪公公就慘了。

「有大臣被割去舌頭呢……」

本來皇帝也察覺這些「小動作」，若非太張揚，沒人提也就過去了。

有的裝模作樣吃一兩口，背地收起來，一出宮門就扔掉；有的施捨給乞丐；有的利用百姓對皇室嚮往之心，即使再難吃的肉，榮升「福肉」了，便想沾光，故私賣之好賺點銀子，也真有人買了去供奉祖先。

——只要沒人檢舉稟報，就算了。不過中國是個「篤灰」強國，自古以來都有人愛打小報告誣衊、發洩、報復、整治、借刀殺人……「福肉幫」旁觀也就開竅了。只要皇帝不高興，即扣「欺君」、「叛國」帽子，嫉妒者加鹽加醋加毒，那「嫌福肉難吃，承不起皇恩」者得被割舌頭懲罰，還有人為此丟官、流放、殺頭。

當然，識時務看風駛艃的，領時感激吃得滿足，下跪「謝主隆恩」，聰明地表忠的皇子，會被選為真命天子。例如乾隆少時，雍正在天壇祭祀後賞一福肉，他接過來毫不猶豫美美的吃完了，母親知「踐胙登基」之意，對乾隆道：「這皇位是你的了！」

人說「我可不是吃素的」，此語背後意義非凡。

朱耀宗向朱寶兒舉杯：「到嘴的肥肉掉了，就功敗垂成，功虧一簣。」

朱寶兒輕輕呷了一口紅酒：「商業社會，誰說不是呢？」

「工作、職位、股票、賭局、政務……甚至女人，都一樣。」

她向他撇撇嘴：「得看時勢和能耐，有時，送到嘴邊也吃不上。」

「我從不擔心。」他帶着自得的微笑：「春節後，我便飛美國了，新工作在華爾街。」

「那恭喜啊！本以為無路可走，誰知拜登借力趕走特朗普，世事多變，大夥又似翻身了，未來的日子應是福肉天下！」

「侵侵不認輸，非要循法律途徑對付，推倒什麼『欺詐舞弊』，還公平選舉——真不知進退！不免被背叛和出賣。」

「世事多變呢，誰上都有利！」

「你呢？」他問：「有何重任？」

「我將主理香港的『舉報熱線』，製造寒蟬效應。」她一笑：「駕輕就熟了，一點難度也沒有。」

「福肉幫」都有經驗了，百年之路，必走過文革。

利用群眾眼紅症、玻璃心、嫉妒天性，檢舉批鬥，就是引蛇出洞的餌，借刀殺人的刀，這無形武器，令舉國生不如死，集體劃清界線。

清除異見人士、鎮壓反對聲音、打擊抗爭力量、瓦解人與人之間的信任——父母子女兄弟姊妹親戚朋友老師學生上司下屬左鄰右里……可利用微信、電話短訊、專設電郵，互相監視，互相舉報。不過是文革 2.0 而已，所以說「駕輕就熟」。

「反應相當熱烈。」朱寶兒道：「熱線啟用一周，已接獲超過一萬個訊息。若天天塞爆，走下去一定成為潮流。」

「文革大時代又重臨了！」他歎喟：「回到大清還遠嗎？」

「呀，說文革，我忽然想起了。」她笑：「你道那天開會時我見到誰？」

「誰？」

「就是文革時『衞東彪』造反兵團的負責人朱波驊——她姓朱，也是『自己人』，我一眼就認出了。那時她是紅衞兵，學生會長，響應號召破四舊立四新，天天寫日記，朝請示晚滙報，抓階級鬥爭熱情亢奮昂揚，批鬥老師時飛撲打罵，肥滋滋的她還壓斷了老師幾根肋骨手骨呢。」

「朱波驊在 1967 年『衞東彪』，1974 年『批林批孔』時又跳出來反林彪了，到了 1976 年文革結束，『打倒四人幫』隊伍她總是排在前面的。」

「真了不起！」朱寶兒一臉敬仰之情：「是我的奮鬥目標！」雙目發出尋覓理想之光芒……

這一年代的朱波驊更威猛，當了掌權高官，愛嚴打濫告就嚴打濫告，愛無理撤控就無理撤控，原告變被告，記者變罪犯，學生變因犯……一旦「介入」司法，就有戲，甚至未審先囚。

「有風駛盡帆，只怕明天沒有風。」朱寶兒望向朱耀宗，笑得真可愛，足以令他心猿意馬，心生遐想。

「野心真不小！」他試探：「不如你也來美國吧，我們『福肉幫』人才輩出，是新人類精英。」又道：「香港差不多廢了，到世界大國搞文革才是挑戰……」

朱寶兒道：「誰說不是呢？亂世嘛，愈亂愈好。」

「『天下大亂，形勢大好』——我們是奉為圭臬的。」朱耀宗得意：「我真急不及待要到華爾街報到！」

「趕時間嗎？」她笑：「急什麼？比拜登不顧一切厚顏登基更心急？他搭通天地線竊國，裏應內合又有主流媒體科網巨企深層政府偏幫，可你不需要什麼橫手加持呀。」

看人家魚目混珠，看人家絕地反擊，也看人家被扣上煽動暴亂帽子，死傷都是外人，「自己人」當然乘亂渾水摸魚，漁人得利了。在政治利益當前，什麼原則、承諾、價值、司法公義、自由民主……好些人完全不理，都爭相道賀「迎新」去了。

那些「硬盤門」、「變童門」、「舞弊門」……那些逾期票、假票、冒名票、死人投的票、被棄票、更改票、未成年票、只選拜登其他不填的「死忠」票、點票機詭異錯算票……全可蒙混過關？「藝高人膽大」？抑或「目無法紀」？還是「見怪不怪」？

「有趣！」宋寶兒道：「在我成長百年來說，這事兒沒見過。」

「哈，我可是聽也沒聽過！」

「真是百年一遇。」

「你也是我心目中的百年一遇呀。」他微笑。

她白他一眼：「世界那麼大……」

「但要遇上的還是會遇上。」他開始為她鋪路了：「你可以同我一起到美國，『清算侵粉舉報會』你優而為之，全國告密，所有侵粉就等秋後算帳失業破產坐牢。肯定比香港那小小的『舉報熱線』宏大，此乃世界觀。」

「也對，香港太小了，而且失去國際金融中心之位，移民者眾，舉報批鬥也是塘水滾塘魚，只能欺負老師社工記者空姐和小市民。」朱寶兒作思考狀：「唔——我考慮一下。」

「不用多想了，」朱耀宗道：「優差！又不須多加思考，美元高薪——

不過順水推舟，水到渠成。」

她心忖：「你的目的，是順水推肉，肉到渠成吧。」

對於男人，她胸有成竹……

男人和女人，也不過如此。

朱寶兒嬌笑：「你到了華爾街名利場，一定有不少誘惑，不愁寂寞。」

「寂寞呀。」朱耀宗長歎一聲：「四下這些人，質素低，話不投機，男女皆乏味——雖然我們也是乏味的福肉，不過經過年月浸淫，比誰都豐富。」

「來自大清是不同的。」她道：「奉天的祭品，皇帝的賞賜，得天獨厚。有句『曾經滄海難為水』，咱是『曾經福肉難為人』吧？」

「——當我女朋友吧好嗎？一起奮鬥，天天向上。」話入正題了。

朱寶兒莞爾：「出自同一體系，不知如何我總覺得像『亂倫』！」

「怎可能？最多是『變童』！」

她失笑：「這算是恭維嗎？」

他順手取過她手機，把自己的號碼發上去——但她只覺多此一舉，因為他們都有「學習強國」App，也各有解碼方式，肩負任務的同志可互相監控，個人資料也非秘密，是個天羅地網，億倍的紫禁城。

睨他一眼，不語。

「我先快快解決點公事，不過是些DQ、制裁、軍演的戲場。一會見！」

尋個開心吧。

他是一塊肉，她也是一塊肉。肉有肉慾，哪有道德、人性、情愛、公義可言？在這百年社會，滿足性慾就像喝一杯水那樣簡單，革命旗號下面，不是有「一杯水主義」嗎？比一夜情還「解放」——只是，開心過後，她還是自主上路。

她也飛美國，不過並非紐約，是華盛頓，一度駐軍25,000甚至65,000，戒嚴成死城，但「超限戰」包括並超越傳統戰爭，有貿易戰、生態戰、恐怖主義戰、金融戰、文化戰、情色戰……政局百變，這癡呆拜登因貪污舞弊種票登入白宮當總統？78歲老人家一腳已踏進棺材，其副總統賀錦麗急功近利，背後有人垂簾聽政，隨時以南亞裔黑人身份「執死雞」，此女早期情婦上位，近盼副手扶正，忙不迭春風滿面笑不攏嘴。

政壇商場娛圈老傢伙不少，說不定某日風雲際會，呼風喚雨，一眾賀錦麗就湧上去——啊不，原來這些是「朱錦麗」，也是福肉幫自己人，難怪！但，侵侵理直氣壯，肯善罷甘休嗎？政治正邪大戰，高潮迭起，戲場精采……

百年之後，侵侵或拜登或誰誰誰，又如何？

逆權侵佔

春尖
貨真價實
乾利貞
宋聘號
本號在雲南
普洱易武山
開張揀提細
嫩茶葉採辦
貴客賜顧請
認平安如
圖為記

「方律師，你認為我會得到這層樓嗎？沒有問題嗎？」

六十一歲的蔡玉娟有點擔心。

「到目前為止無人反對。」方律師說：「雖然由租客人稟爭取業權的個案不多，不過蔡女士你的勝算很高。」

她租住土瓜灣一個單位。卅五年前，老唐以每月五百元租給她。租金極便宜——一直住到今天。

大約一九七四那一年，她記得很清楚。

老唐約她出來飲咖啡談條件的。

唐福強是一間製衣廠的老闆。蔡玉娟和玉娥兩姊妹，本來是自食其力的車衣女工。

玉娥年輕兩歲，廿一二，長得漂亮，又愛穿貼身的衣裙，一收工便去拍拖，吃喝玩樂。

不過認識的都是花𡃁仔，又窮又輕浮，沒什麼經濟基礎。

一日，玉娥把一條金鏈遞到玉娟面前：

「這是老闆送的。」

玉娟正疑惑，玉娥把另條金鏈掏出來：

「也送一條給你。」

「我不要！」

玉娟拒絕。分明是「收買人心」。

她眼利，瞅得玉娥那條金鏈有個鑽石吊墜，自己的沒有——她明白妹妹被老唐包起。

「他不是玩玩吓。」玉娥開脱：「我做黑市，有層樓住的。」

「哼！」玉娟怒斥：「你貪一層樓便跟個老坑？」

「老唐不算老，他才五十。」

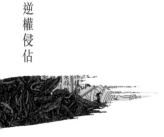

米已成炊。

玉娟問妹妹：

「層樓寫了你名嗎？」

「遲點會上律師樓的。」

已經得手，還熱衷討好嗎？不過老唐很喜歡她，也有意思轉名。

人浮於事，居住環境當然困難。兩姊妹最初從鄉下到香港，只租住唐樓板間房，四伙人共用廚房廁所，平日走動的地方已狹隘之至，鄰房還是個做廚的鹹濕佬，一天到晚偷窺這花樣年華的姊妹沖涼換衫。防不勝防。

玉娥豁出去了。與其拍散拖或益了色狼，不如跟個對自己好的老闆，照顧周到，衣食無憂。

唐福強亦非「曬完鬆」，相當有本心。玉娥在土瓜灣這樓底高又寬敞的唐樓住下來了，非要同姊姊一起，互相照應。老唐一到，玉娟借故外出。他以三萬五千元購入，當時樓價如此，今日當然飆升。玉娥想着當黑市夫人，哄得他送樓，過一陣簽字，慢刀斬些銀兩，自己廿一二，三五年有點積蓄，還有層樓，到時再圖後着。而且老唐比她大卅年，到時兩腳一伸，自己也自由了。

——人算不如天算。

世上是有「天妒紅顏」這句話的。

才一個多月，蔡玉娥在一次車禍中喪生。走得突然、匆促，沒有遺言，只剩一些華衣美服飾物化妝品。人卻是無「主」之魂。不算嫁過，冠不了夫姓，終生為蔡氏女。

姊姊到她寓所收拾遺物時，老唐來了。約她到樓下茶餐廳飲咖啡。或許他好色，或許他重情，不是不對玉娟有非份之想，但她完全沒有步亡妹後塵之意。孑然一身了，回到不堪之舊居，一個人打工，一個人吃飯，兩餐一宿勉強撐得住。

「唐老闆，我只是個女工，將來也想嫁主好人家，所以改日搬開住，這兒還給你吧。我不會叨妹妹的光，也不打算寄人籬下。」

「怎會寄人籬下？」老唐道：「我是業主你是租客，我平點租給你便可。」

「我一定要交租的，自食其力！」——這是玉娟的宗旨。

唐福強收她五百元月租，對比其他，這層樓的租金可算便宜，而且不用寫租單，也沒有年期所限。他沒勉強女人。「愛屋及烏」，對妹妹玉娥倒有心，按月上門收租，總是多坐一會端詳遺照才走。

一九五〇年生的蔡玉娟，沒想過丫角終老。她當車衣，但人望高處，別的公司或工廠前途福利好些，薪水高些，她另覓新工，勤奮而慳儉。對唐老闆沒有承諾，也非打死他一世工呀。而唐福強的製衣廠後來頂給別人了，他年事已高，不想辛苦了。

玉娟也不關心，反正自己是租客，二人關係只是交收。不太熟。

蔡玉娟數年後升上了管工職位，薪酬當然不同——但那租金沒加過，仍是五百大元。沒得說。

他依舊每個月一到，收了租金，寒暄問候，溫和地聊些不關痛癢的家常。她不算冷淡，畢竟是個優惠的業主，即使加租她也願付，但他一直沒加過。又守禮地告辭。視他作一度「包起」妹妹的「老淫蟲」？當初也許過份了點。但蔡玉娟心裏明白，自己對這位阿伯毫無他念。

轉眼又過了十二年——

她忘不了，一九八六年七月份租金準備好了，電話聯絡後，他說星期六下午來收的。

唐福強沒上來。

在下一個星期六下午也不現身。

到了八月、九月、十月、十一月……從此竟沒再出現過。

算算年紀，當時蔡玉娟卅六歲——是「老女」。身邊沒有合意的男子。在那些年月，過了卅歲還不嫁人，就很難了。

奇怪，她也不大想結婚似的。

如是者無風無浪無夢無驚，又過了十年、廿年，至今已廿三年，不必交租的日子。

從來沒有代理人、公司職員、助手、親戚朋友來追租。老唐不上門，老唐的元配是誰她也不知——只知業主姓名「唐福強」。附近單位已租到四五千、六七千元，她不但不用交租給業主，還被視作業主。收到差餉單時便交差餉，某年外牆維修，聯絡不到業主，她也代繳。門鎖、水電、信箱、門牌……都是蔡玉娟處理。被誤會了，也不出奇。

土瓜灣這一帶，舊區重建之風熾烈。玉娟已把這單位住到老舊，結為一體，成為它的一部份，她捨不得賣也沒權賣呀。

——直至有人告訴她，可以「反客為主」，找律師打官司，一於「逆權侵佔」。

「方律師，『逆權侵佔』，是不是『奸』的？」

蔡玉娟不大懂法律。她大半生勤奮工作自給自足，甚至沒發生過什麼勞資糾紛債務瓜葛。

她以五百元租金住下來的這層土瓜灣唐樓三樓一個單位，從來不用寫租單，也沒有年期所限——她忐忑地一再追問方律師：

「好似謀朝篡位般，這官司真的不算『奸』嗎？你老實答我，否則我會不安樂。」

方律師解釋：

「『逆權侵佔』，英文是 adverse possession，這是指房地產的非業主，即是蔡女士你，不經原業主同意，持續佔用對方土地超過一定的法定時限後，原業主的興訟時限終止，即是唐福強先生已不能向你收樓，佔用者即是你，可以成為該土地或單位的新業主，不必付出任何代價。」

「但世上那有咁大隻蛤乸隨街跳？」

方律師微笑：

「這個比喻不恰當。蔡女士，你要明白，土地擁有權興訟時效是有限的，所以才出現『逆權侵佔』——如果興訟時效無限制，那麼任何土地擁有人都無法安心了，試想，任何土地可能在數百或甚至一千年前都有合法擁有者的，他們的後人可以興訟，那麼現有的土地擁有者便要面對無窮無盡的法律風險，這樣危害到私有產權的穩定性。」

蔡玉娟問：

「有限制？多少年？」

「興訟時效為二十年。如佔用時間由九一年七月一日後開始計算，期限是十二年。」

「哦，早就過期了。」蔡玉娟這才心安理得吁一口氣。雖已六十一，她心水清得很：「我一九七四那年起租的，老唐對我算是唔話得，都憑口數不必立字據。我也不會欠他，一路交租，交了十二年。到了一九八六年七月起，他就沒上來收租了。」

「算一算，有交租十二年，沒人收租廿五年，至今總共住了卅七年……月份和細數再計，無論如何，你的勝算很高，幾乎沒有爭議，除非——」

「除非什麼？」

「原業主——不過這是不可能的，根據你提供資料，當年他已五十，過了這些年，活下來已近九旬。而且他約好你收租，多月甚至多年不出現，人間蒸發可能改名、失蹤、移民、有心放棄業權，或者死亡，以後者可能性高些。」

「他的妻兒後人怎不追討？」

「如果後人根本不知道有這層樓和你這個人的話。」

離開方律師事務所已是黃昏。

蔡玉娟走在這個她走了幾十年的土瓜灣舊區，正是腳毛也不知掉下多少根了。

這個古稱「土家灣」的地區，在九龍城區南，紅磡之北。在她和妹妹玉娥離鄉別井來港謀生之時，六、七十年代，是個繁盛的工業區呢：電機、織造、手電筒、染布、火水燈、機器、電子、製衣……如果沒進了老唐的製衣廠，如果玉娥沒當了老唐的黑市夫人，如果玉娥不是紅顏薄命車禍喪生，她當姐姐的，怎會陰差陽錯終於得到了這層樓？

——也許唐福強意欲對青春少艾作彌補，才極平租給她。他後來不來收租，不是自己不給。

方律師也問過她：

「最後一回見到唐福強先生是幾時？談過些什麼？」

唔，在老唐失去音信之前，即是一九八六年收六月份租金那個晚上。談些什麼？沒特別呀。

老唐道：

「最近這區有賊仔持刀行劫，錯手殺了個師奶，你要小心些。」

「得了，早幾年還有雨夜屠夫，兇殘地把女人斬開十幾件，就在安和園安慶大廈那頭。土瓜灣那麼舊，什麼人都有。」

「好在你這兒平靜平安，沒人跳樓、燒炭、吊頸，正經人家沒有鳳姐出入。你這兒真好——」

「什麼『你這兒』？又不是我的，我不過是個貪便宜的租客仔吧，業主大人！」

老唐笑了：

「真鬼馬！」

「鬼馬？都卅幾歲老女了，唔怕醜咩？」

「吓？卅幾啦？真是不知不覺，還當你兩姊妹廿幾。」

老唐沉吟一下：

「玉娥走了好多年，你有什麼打算呀？你也需要人照顧吧？」

「順其自然啦。」蔡玉娟不想他講下去了：「我都疊埋心水，到時住入『姑婆屋』啦。」

唐福強失去玉娥也沒離棄玉娟。上一代的感情很微妙，一切放在心中永不說破。那年他六十出頭了，同玉娟之間沒什麼「明白」的話。她不願猜也不朝這方向想像——玉娟認為好羞，人家笑的，對不起妹妹。不行的！

老唐岔開話題：

「收咁平租，普洱都要有杯吧。」

「對對對！」五娟馬上去沖茶：「一時忘記了，嘩，這陳年普洱你送給我一餅，我都捨不得喝。馬上泡好，五到十分鐘送到。」

「那『宋聘』成幾千銀的。」

「我知，『宋聘』普洱矜貴，你識飲！要託人買，買少見少，飲一次少一次。」

「咦？我也只能每月飲一次！」

說到她心事了——她只在老唐收租時才「款客」。每個月，就等這一天，一邊品茶吃月餅老婆餅杏仁餅一邊聊些生活小事，無關痛癢？十二年來已經入心入肺，只是當事人渾沌。一個茶餅就抵她一兩年租啦。

玉娟婆婆路過二〇一〇年馬頭圍道那全棟倒塌的五十年舊樓災場，已經夷平施工重建。而今年六月中，一幢改建了大量「劏房」的八層高唐樓火災，三屍四命。幸好自己那層唐樓實淨，不過年事已高，不知哪日面目全非？不想了。

她記得自己有空時，會到天后古廟走走，它在下鄉道落山道交界，清光緒十一年（一八八五年）由客家漁民籌建的。土瓜灣一帶只這座古廟可供她傾訴一下心事。入廟拜天后娘娘，也為觀音、王母、龍母列聖上炷香。

她想過：

「自己一直都無意擇人而嫁，是心中沒有空位嗎？抑或心中永遠留一個空位呢？」

最後一回「收租」茶聚，一九八六年六月晚。沖泡一杯好的普洱茶，尤其極品「宋聘」，怎能掉以輕心？

蔡玉娟已有心得。自這緊壓的茶餅細心緩力掰茶葉，導入茶壺，沖入沸水，先洗茶，將表層不潔物和灰塵洗去，再以高低沖力注入沸水——正是「水滾茶靚」，浸泡五分鐘，茶湯色澤褐紅明亮，豔麗如琥珀，倒入公道杯，再分斟入兩個品茗杯。

每回見業主大人老唐拎起杯子，先聞香，再觀色，後品飲，十分陶醉：

「唔——愈陳愈香，滋味醇、甘甜，真是心曠神怡！」

他沒別的事，便教玉娟認「內飛」。

「最古老的『宋聘』，茶莊創建於清光緒六年，即是一八八〇年，那時普洱總部設在雲南石屏。」

「但有些『內飛』是白底墨藍色的『平安如意圖』呀。」玉娟道：「上月新送來一餅有點不同。」

「哦，那是後期一點的了，大概一九一一年後，也很貴，總之買少見少。一有，我便要了——來，看看。」

他指着兩行字：

「乾利貞　宋聘號」

「貨真價實」

還有小字：

「本號在雲南普洱易武山開張，揀提細嫩茶葉採造，貴客賜顧請認平安如意圖為記」

蔡玉娟一瞅。「咦，附『生財』兩個字，有點市儈呢。」

「恭喜買到好茶的人，吉祥發財，這是流行的祝願。誰不希望生活過得好？誰不為下半世着想？你——」

玉娟忙幫他添茶，又岔開話題：

「這『乾利貞』為什麼同『宋聘』連在一起？名字那麼長？」

「因為乾利貞號原本經營棉花、鹿茸、藥材、茶葉等商品為主，民初時思茅總部發生瘟疫，慘死者眾十室九空，乾利貞號落難，迫遷至易武——後來與宋聘號結為姻親，兩家合併，擴大生意，才得以翻身揚名。」

「結為姻親」？又是玉娟刻意迴避的敏感話題，哪壺不開提哪壺！

間中，老唐會無意（或有意）地定睛望着玉娟，才一瞬，焦點放在她身後，轉移了視線——不知是尋找那短命玉娥的影子？抑或眼前人玉娟？

老派人，有元配有子女，含蓄的眼神，都不說破，免得尷尬難以收拾。

普洱耐泡，好的普洱更是二交三交四交都不遜色。再注水，繼續品茗。

夜了，唐福強告別。

——等下個月再來收租，再對飲。以為有，但沒有就沒有。

她打開一道門縫，看着他下樓，這個日漸蒼老的背影。體衰氣弱，也有點依戀。老唐扶着樓梯，在明昧的燈火下站了一陣，肩背略抽搐，有點喘嗎？還是一時感觸，暗淌幾滴老淚？無聲地。

之後他默默下樓回自己的家去。

回憶中，這最後一回見面，就是永別，難道老人有點微妙的預知能力？難道兩個人含糊曖昧地過了一生？——還是沒說破，永遠沒說破。

「茶亦醉人何必酒，書能香我不須花」。

世上並非只有酒才叫人醉，茶也會。「茶醉」的人，每因空腹喝茶、飲用過濃、心事重重，受不了，會失眠、頭痛、噁心、手足顫抖、心跳紊亂、昏昏暈暈。也許這就是他們每月一回的自虐吧。

也識過男人，會計部陳生老婆死了五年，對她有點意思。不過……

電話鈴響了。玉娟婆婆神魂回到現實中。是她當義工的老人中心職員打來的：

「蔡婆婆，你跟律師進行得怎樣？順利嗎？業權沒問題嗎？」

數年前她為了精神寄託在中心當義工，教老人編織些小玩意過日辰。職員知她孑然一身，無夫無後無兒無女無親無故，而所住單位又懸在半空無人認領似的，教她找律師打這「逆權侵佔」的官司。

「梁先生，有心。方律師說勝算好高，我不擔心。星期四下午我得空上來的。」

日前方律師告知，本港「生死註冊處」查到了康福強的死亡記錄，他用另一個名字，畢竟廿多年前，費了點時間求證。蔡婆婆有點傷感。

他從此不來，她也從不打聽。對其他人也心如止水。日子久了，有情無情也過去了。

入稟爭取業權順利通過的話，自己的「姑婆屋」，是一個原先十分抗拒的男人的物業，多諷刺！

說出來也沒人信。

——說出來沒人信的事，豈止「逆權侵佔」這一樁？

某一個晚上。

蔡玉娟已打點好一切，準備明日上律師樓辦手續。

上床後伸手開燈——但，聽得幾下叩門聲。

奇怪，都幾點了？還有人找？不按門鈴更奇怪。

也許一時聽錯。

年紀漸大，都六十一了，莫非撞聾——

「篤！篤！篤！」是叩門聲，這回聽到了。她起床，先戴好眼鏡，以免看不清楚。

其實她看得很清楚。

大門打開，沒人。

樓梯上下，沒人。

只見門角有個禮盒。沒人。

蔡玉娟納悶，捧入，是送給自己的嗎？

她拆開細瞧，一看再看，再看三看，三看四看——怎可能？怎可能？來自何人？來自何方？何年何月？何等意義？

那是一個「宋聘」普洱茶餅，緊壓、濃黑、香醇。「平安如意圖」她一眼認出了，宣傳包裝上還有「生財」二字，糯米紙「內飛」作為品牌認

證，商標設計古雅，是極品古董茶——而且有着與「乾利貞」聯婚後合併商標。當年此茶餅幾千至一萬元，到了今時今日，好些已值廿多萬至百萬元以上了。即使有錢，也未必買到。

玉娟心意澄明。

是老唐！

他老了，他走了，他死了——今天他來賀她「榮升業主」。

他早就打算送她終老的一層樓，是永恆的體己心意，根本毋須「逆權侵佔」，此乃法律上的暴烈字眼而已——他只想與這當年租客，紅顏知己，隔着陰陽時空，共喝一杯好茶……

鎖魂橋

「我們一家在彩東村長大。我四十多了，我和四個姐姐也嫁人了，不過每年阿爸生忌死忌，還有過年過節，都會回村同阿媽吃飯，在老樹下擺一張大枱，女婿外孫一大堆陪着阿媽……阿媽已經七十八，在西村出世，嫁到東村，生了五個女，沒有仔，受了委屈，但阿爸沒怪她，大屋是老人家一塊一塊磚頭一根一根木條砌出來的，到今日仍很穩陣。阿媽不肯搬走，不肯跟我們出市區，她一心在村裏終老，生在那兒死在那兒……誰知政府説收就收，忽然派人來貼紙，在牆壁上寫編號寫日子……阿媽傷心得暈倒……」

記者訪問彩東村一位老村民葉婆婆的女兒阿麗。一群手持「不遷不拆不走」標語紙牌請願的村民，一字一淚。

正如阿麗所言，政府為了高速鐵路工程，便無情無義地把兩條農村連根拔起。村民的血肉與土地相連，有些地主得到賠償豬籠入水，當然歡天喜地，有些村民一輩子心血化為烏有，賠點錢又如何？

愁雲慘霧籠罩了彩東村和彩西村已有一段日子。

村民接受各界訪問，群起護村也有一段日子，為了這個卑微的願望，說的不累聽的亦累了。

大勢已去。

但他們仍盡最後一分力——因為受不了故居被夷平之痛。老人如老樹，無根便枯，何忍臨老不得過世？

阿麗強調：

「阿媽一聽到『收地』兩個字便心跳加速眼前一黑。現已昏迷入院多天，如果她有甚麼三長兩短，政府是否賠我們一條命？——」

正說得激動，手機響了。阿麗一聽，連聲道：

「我馬上來！我馬上來！」

是醫院來的電話。

記者只好找其他人訪問吐心聲。

「順其自然」？對很多世代養豬養雞種菜默默耕耘與世無爭的村民而言，竟是奢望？

阿麗飛車趕到醫院，因為大姐和二姐告訴她：「阿媽醒來了。」

七十八歲的葉秀芳婆婆，半昏半醒過了多天。醫生知道她是彩東村村民，也明白老人傷心欲絕的前因後果，深表同情——根深柢固硬要遷拆移徙，不啻重創，甚至奪命。

葉婆婆一直一言不發，只躺着唉聲歎氣，失神地望向虛空，她還以為自己死後也會埋在彩東村的。

她生於彩西村。

這兩條小小農村一河相隔，原本沒有名字也沒有太多村民，三四十年代開始，陸續有不少內地移民來港，也有同鄉落腳聚居。城市生活過不起，便在此養豬養雞，大多是種菜，自給自足，生活無憂。菜長好了割下推出市集售賣，人長大了卻落地生根。

彩東村和彩西村命名，還是出自葉秀芳阿爸的意思，他是第一代生活的人家，當時只得二、三十戶，既無百年祠堂亦無鄉親父老，阿爸讀過書識些字，不算「正式」村長，也是一位可以說事的戶主，久而久之，便被目為村長了。

那時，西邊土地較肥沃，種出的菜甜。阿爸也肯教人施肥防蟲方法，深得民心。

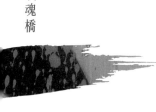

他見一河兩村，一東一西，而種植維生亦望收成青翠出彩，那個「彩」字好意頭，大家十分贊同。一叫便叫了幾十年，直到今天。

秀芳一九三一年在村中出生。簡陋的農村沒學堂也無私塾，阿爸不想女兒目不識丁，便着她學《三字經》、《增廣賢文》……

那年她六歲。

阿爸下田前把在河邊捉魚的頑皮芳女揪回家，叫她認字。

一知半解唸口簧般：

「相識滿天下，知心能幾人。相逢好似初相識，到老終無怨恨心。近水知魚性，近山識鳥音。易漲易退山溪水，易反易覆小人心……」

芳女活潑好奇，自小像個男仔頭，夥同村童不是跑山爬樹，便是偷摘荔枝龍眼，她不愛吃芒果，否則無一倖免。由西村玩樂到東村，當年水淺，可涉水踩石頭過河。把阿爸阿媽氣個半死。

「生個女兒卻像兒子？不能繼後香燈，有甚麼用？」

「……」

「你的肚皮得爭爭氣，懷上個『慈菰椗』！」

「……」

生不出兒子來，是女人的遺憾。努力造人成為阿媽的重責。日子過去。

歲月悄然無聲，但災難防不勝防。

記得那一年打大風，傾盆大雨下了十幾天，如子彈如皮鞭，狠狠抽打農村。鋪天蓋地的雨不但清洗兩村菜田，急流還把一道小河沖擊得如崩裂的缺口，水位高湧，破壞河邊的房子。兩村生生隔阻難通。無家可歸的村民都擠到比較安全的地方去，狂風暴雨仍是駭人，有死有傷。

待得風靖雨停，兩村滿目瘡痍苦待收拾。秀芳的阿媽也因這場災禍小產了。大夫渡河來時已晚了。

「阿嫂從此不能生育……」大夫告訴葉村長這個噩耗。

那已是七十多年的前塵往事——但白髮蒼蒼的葉婆婆永遠記得她阿爸

那絕望的表情。

七十二年前。

奇怪，葉婆婆的記憶忽地清靈，一切歷歷在目。

此時病房的門開了，阿麗衝進來，一邊問：

「阿媽阿媽，你怎麼了？」

她還一個勁兒安慰老人：

「我們堅持不遷不拆，同政府抗議，你放心，我們一定盡力爭取。阿媽你別想太多，交給我們幾姊妹吧——」

誰說女兒沒用？五個女兒就是心肝寶貝，為她的晚景奔忙。

但所有人都料不到，葉婆婆多日無語，一開口，竟道：

「拆吧，讓他們拆吧！」

她的語氣沒有怨恨沒有不甘，反而非常通透：

「早就應該拆了——」

女兒們面面相覷：

「阿媽是不是失心瘋？精神分裂？老人癡呆？為甚麼一下子變了另一個人？」

葉婆婆忽地對着大家身後的空氣長歎一聲：

「唉，健仔，對不起，我們全家欠你！」

「健仔？健仔是誰？」

老人詭異的眼神轉向她們幾姊妹，叮囑：

「拆屋拆牆拆田拆路，拆吧——一定一定要拆橋——」

「橋？」

「就是兩村中間的『彩帶橋』。」

「阿媽，那橋早就廢了。」

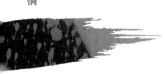

「必須要拆！」葉婆婆拚盡全力悽厲一喊。大夥嚇了一跳。

更受驚的，是老人掙扎着地，無故下跪，喃喃：

「健仔，芳女給你叩個響頭……」

幾個女兒慌了，馬上合力把葉婆婆扶起：

「阿媽，你說甚麼？給誰叩響頭？」

二姐已把醫生喊來，也顧不得禮貌：

「醫生醫生，我媽是不是瘋了？——抑或，回光返照？」

說着，急得哭了。

把老人安頓在床上。醫生檢驗一下，葉婆婆還有點激動地喃喃自語：

「健仔，一定拆橋，一定！」

阿麗擔憂：

「她明明堅持不遷不拆，明明情願死也不走，忽然間那麼反覆……」

「對了。」大姐她們互問：「你們誰知道甚麼『健仔』？是親戚？鄰居？不會呀，我們從沒聽過，是阿媽以前認識的吧？」

給老人注射鎮靜劑，讓她平伏、安睡。醫生道：

「她身體沒大礙，沒生命危險，一下子激動，可能是想起很久以前的事。」

又道：

「葉婆婆已近八十了，老年癡呆症的特徵是，遙遠回憶記得清楚，眼前的反而迷惘，甚至善忘，有些老人連天天回去的家也記不起，所以常迷路，我們也處理過。婆婆康復後，請你們帶她去作些測驗，看看老年癡呆症程度，再開藥和防止惡化——不過這是醫不好的，要有心理準備。」

「我們知道了。」

健仔是誰呢？

五姊妹當然不知道——那是非常遙遠的，七十二年前，某一個下午。

六歲的芳女一身泥污，跑回彩西村，她拎着一根竹枝，是忠仔他們幫手斬下來的。

「唉，以為做魚竿可以釣魚，不必用手捉，誰知仍是釣不到，氣死人——」

推開門，話未了，只見兩個陌生人：一個中年漢和一個男孩。芳女雖頑皮好動，此刻也停下來，咦？客人是誰？

「他是健仔。」

「健仔？」芳女問：「你姓甚麼？」

健仔沒有回答。

他乖巧聰明，但明白自己身世，特別懂事。

健仔不提姓——他是個孤兒，一場饑荒父母雙亡。這回來到葉家，因為葉家阿爸把他買下來作養子。

自從得悉那回水災河決慘劇，老婆小產並且從此不能生育，他雖然絕望但也面對現實。難道為此納妾嗎？就想到其他人也一樣的作法，買個養子，不致身後蕭條。說到底女大不中留。

只見阿爸把那中年漢拉過一旁耳語：

「肯定不是拐子佬的貨？肯定沒有手尾？」

「當然，葉村長有頭有面有名有姓，怎會騙你？健仔是廣州災民，孤兒無主也無家可歸，為求一碗熱飯，不會偷走。」

二人瞅着這男孩品評。

「看來也老實。」

「這個價錢不貴，他阿姨託我找戶人家，你當工人使喚，幫頭幫尾，長大了有力氣下田種菜，至緊要『有仔送終』！」

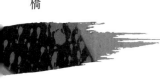

小孩容易熟落，已聽得健仔在教芳女：

「一枝竹竿當然釣不到魚，要用魚鈎的呀。」

「對，我真笨！」

「這裏附近有魚鈎賣嗎？」

「沒有啊。」

「我們試用鐵線自己做吧。」

「好呀好呀！」

中年漢見到形勢大好，便道別：

「村長，滿意了？」

「健仔，以後跟我姓葉好嗎？」葉村長問：「就改葉子健吧。」

「好。」

健仔心知寄人籬下，如他鄉下好多小孩一樣，離鄉別井改姓求存，養父養母對他好，別無所求。他知進退觀臉色，芳女刁蠻貪玩，她是主，自己是客，這女孩笑起來特別可愛，遷就一下也無妨。

「健仔小芳女五個月，應是弟弟，不過他是男孩，也比芳女生性，以後就一起讀書認字，以免到處亂跑，闖禍。」

芳女向他做了個鬼臉：

「我阿爸好惡死！」

健仔忍笑：

「哼！日後我更惡死，你小心！」

「才不怕啦！」

阿爸見頑皮女有人收服，老懷大慰。

「好了，別鬧，快洗手吃雞屎果。」

「雞屎？」

芳女笑：

「是『清明仔』，用雞屎藤加糯米粉做的茶果，有豆沙餡的。」

「嘩，黑麻麻。」

「這是我們彩西村清明節點心，你吃一口，是不是，好甜的。」

阿爸給健仔包了兩個茶果，領他到大屋一邊的帆布床，床頭有個櫃。這便是他以後安身立命之所。

葉子健成為家中一員後，大家都以為日子過得平靜安穩，無風無浪，快活無憂。

——但那道河仍是兩村心腹大患。

一時淤塞一時氾濫，水浸時當然為禍，而彩西村運貨到彩東村出市集，必須靠它。兩村往還，已不堪涉水踩石，小河變得寬廣湍急，若要修整，唯一方法是建橋。

建橋在農村是大工程。

先向兩村各戶募集公款，數目在預算以內，還有點盈餘以備急需，才敢動工。湊錢也吃力。

那已是好幾個月後的事了。找師傅選定黃道吉日，工人便開始清理、修整、搭建等工程。不過一橋連接兩村，功德無量，再也不會有孕婦病人失救了，這是村長心頭的痛。為了村民日後的好日子，他還給改名：「彩帶橋」——如一根連接東西的彩帶。

這天他們去巡視初建的橋台樁柱，不知如何有點傾側，葉村長便怪責工人：

「一座橋最重要的是穩固妥當，人和貨都在上面走，如果不安全，搭好也作廢。拆了重建吧，趁未起橋，根基應該重視，費點工夫吧，否則我們不找數的。」

工人們只好拆了重建。

説也奇怪，橋台好了，橋墩在搭建時又付諸東流。這次意外，還有三名工人受傷，兩個壓傷，一個掉進河裏，幾乎淹死。再做，水泥長久不凝固。

「有些工人見過程欠順意外頻生，都心寒。」工頭向葉村長報告：「此回工程似乎有點不祥。」

屋裏健仔和芳女兩小無猜，十分投契，正在燈下唸讀《增廣賢文》：

「古人不見今時月，今月曾經照古人。先到為君，後到為臣。山中有直樹，世上無直人。自恨枝無葉，莫怨太陽偏。大家都是命，半點不由人……」

「我們出外談談，莫擾小孩認字。」

村長向工頭問：

「不祥？」

師傅沉吟：

「開工日子是吉日，但施工動土，翻起泥土沙石，不免騷擾久居地下的邪靈，他們一旦被觸怒，便會阻撓工程進行，輕則建造期間時生意外，重則建築物會倒塌，出人命，甚至滅村……」

「那怎辦？」

「唯有做點法事，鎮邪求安。」

「我們照做吧。」

「最有效的——不過也有些殘忍，未知你們願不願？」

村長急了：

「快說出來參詳一下，錢的問題嗎？可以想辦法。」

「不是錢的問題。」師傅臉色凝重：「你們可聽過傳統古法『打生椿』？」

「打生椿？」

村長疑惑：

「打椿就打椿，何以叫『生椿』？請指點迷津——」

正說着，忽地人聲喧囂，工人直奔過來，要取止血藥物。

「甚麼事？」

「阿九和阿勝不知如何吵架，之後二人便打起來。」

「兩個都是好兄弟，平日攬頭攬頸講義氣，幾乎一條褲兩份着……剛才打架，嚇壞我們，好像深仇大恨的往死裏打……」

「阿九被阿勝用大石砸到後腦，現仍不省人事。村長你們快過橋墩那邊瞧瞧，我們拉開二人，現在先幫忙止血，不知會不會死人啊！」

一眾連忙趕往現場。芳女停下來，探首門外，人已走了，天也黑了。

芳女說：

「健仔，我們去看工人打架。」

「不要啦。」健仔竟下意識一個勁兒推拒：「我不想去，那兒又混亂又危險，還是待在家裏吧。」

「膽小鬼！去啦！」芳女力扯。

「不去了，早點睡。」

「我不！」芳女好奇心得不到滿足：「哼，我等阿爸回來問他。」

大人哪有工夫回應小孩？

芳女發覺，這幾天阿爸忙下田也忙開會，都跟工頭風水師傅村民代表總之一大堆人，在村中空地那兒聚集，你一言我一語的。她問阿媽，但阿媽身體不好還咳嗽，也不理男人的事——芳女發誓下世一定要做男人！

這幾天冇王管，小孩就開心了。芳女見阿爸沒空抽問課文字句，對健仔道：「我們快快寫完習字便去後山捉蝴蝶了。」

健仔猜，建橋工程不知發生甚麼事？一定是大事！到底也是六歲小孩，不懂，也就不煩。

「上次見過那種青綠色的毛毛蟲不知還有沒有……」

誰知大人的世界？

他們正為一個天大難題矛盾而擔憂。

「阿九他們是鬼上身吧？兩個都傷得不能動。」

「長此下去，怪事天天有——工人們打算集體辭工不幹了。」

「看來一定要打生樁了，否則鎮不住邪靈。」師傅強調。

「女也捨不得啦，何況仔？」一個村代表激烈反對：「打死也不肯，情願我上！」

「大人不行，要童子。」

「抽籤啦，抽籤最公道了，一切看天意，看選中那一戶不好彩。」

電光一閃，打了個旱天雷。眾人心中一凜。

「不抽不抽！」有帶着哭音：

「萬一抽中怎辦？一定怨我一世。」

「都是親生骨肉，誰肯？」

驀地，所有人一齊望向葉村長——他臉色一變。

芳女和健仔拎着一個小竹籠，捉了兩隻蝴蝶，總算有點收穫。

回家時，見到大人仍在開會，壓低嗓子營營耳語，似有不可告人的秘密。二人喜孜孜進屋玩耍，還吃了碗「狗仔粉」，稠稠的粥湯，有圓身粉條仔，有冬菇、蝦米、肉碎、韭菜、冬菜。好味道！

暮色四合了，遠望黑影幢幢，是個進行中的陰謀嗎？管不着。

阿爸很晚回家。阿媽把飯菜和湯熱過，原來他整天沒吃過一粒米。阿爸臉色凝重深沉，一言不發埋首扒飯。芳女從未見過他這模樣，她在健仔耳畔道：

「阿爸不出聲，樣子得人驚，好像想食人！」

健仔瞪着天真單純的大眼睛，偷偷望向這待他不薄的養父，村長眼神馬上歉疚地望向他方，不想接觸也不要交流。

他逃避。

——必須硬下心腸！

過了兩天，似乎大局已定。

大人們忙碌地籌備一切，而建橋工程快將恢復。難題怕已解決了。

晚飯的時候，阿爸還特地加了餸。

「嘩！有燒鵝吃！」

平日只有大節或生日才吃雞鴨鵝、現在卻斬了半隻燒鵝，好開心，芳女饞得垂涎三尺——誰知阿爸一箸夾了燒鵝髀放在健仔碗中：

「健仔，吃飽些。」

芳女妒忌了：

「阿爸我要吃燒鵝髀！」

「今次讓健仔——他頭一回在我們家吃燒鵝。」

芳女撇撇嘴，喃喃自語：

「我下世一定要做男人！」

然後大口大口扒飯，不理人。

健仔感動了：

「阿爸，將來我努力下田種菜賺錢，一定報答你的！」

「乖，健仔生性。」阿爸快快吃完有事待辦。健仔悄悄把燒鵝髀撕了一半，大塊肉分給呷醋的芳女。芳女暗暗笑了：「我大個一定嫁給你！」

「健仔，吃飽了？」阿爸十分關注他這頓飯吃得飽飽的。芳女有疑團在胸，不解。之後，阿爸給他換過一套整潔的衣褲，要出去了。

他牽着健仔的小手。那麼溫暖、童稚、毫無機心、全盤信任，那麼生性，還承諾長大後一定報答他……而作為養父，他深信的長輩，卻要出賣他！

村長實在汗顏。

讀書識字也務實能幹，才有人緣，才可在彩東彩西說事服眾——今天，他不得不為大局着想，犧牲一條小命，把健仔送往另一世界。

只因為不是親生骨肉，外來者，他姓的過客，比起來，再疼惜也沒有血緣關係。村中人人都捨不得奉獻子女，而健仔，是衡量過後，最能捨得的祭品了。

把心一橫。

再艱難的決定，於危急關頭，力挽狂瀾於既倒，確是需要一點「狠」！

村長把這買回來送終的孤兒，跟了他姓葉的，相處融洽以為可以健康孝順成長的健仔，帶到這個神秘地方。時值「丑」。

丑時是詭異的時段：凌晨一時至三時，陰陽交替的特別時刻，最易招魂請鬼，最有奇效。

來到工地，一片狼藉。

師傅解釋，在土層中地下建築方式，用「沉井」作為基礎，這是深入打樁法。

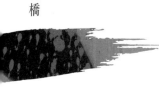

他們重新在地表製作一個無上蓋無下底井筒狀的結構物：「沉井」，然後在井壁的圍護下，通過從井內不斷挖土，使沉井在自重作用下，逐漸下沉，達到預定設計標高後，再進行封井。

「井壁」是沉井的外壁，即主要部份，有足夠強度承受下沉過程中的負荷，夠重，順利下沉。「刃腳」在井壁下端，成刀刃狀，功用是切入時減少下沉阻力。設置在沉井井筒內的「隔牆」，主要作用是增加下沉過程中的剛度。

這項工程過了一段日子，沉井下沉到設計標高，井底清理整平後便封底。再抽走所有積水雜質，於井頂澆築鋼筋混凝土「填心」，修建頂蓋，成為紮實穩定的基礎。

「最後，我們把水泥粉與水混合，自然把土石鋼材砂粒等膠結成為一個整體，再變為堅硬的石狀體，垂直固定防撞擊，任何外力都不易摧毀，牢固了，千百年不塌。」

問村長：

「明白了？」

他道：

「明白了。」

風水師傅已開好壇，擇好吉位，等待主角「光臨」。

先領眾人舉行拜祭儀式，拜天拜地拜四角，再稟上，從前工程已作廢，今晚是重新開始的「第一樁」。

打生樁。

當儀式做完後，兩個孔武有力的工人，協助村長把健仔牢牢捆綁起來。健仔完全不知就裏，本能地掙扎，一邊慌惶哭喊：

「阿爸阿爸！」

健仔動彈不得，跑不了，心生恐怖之感。為甚麼？為甚麼阿爸他們會這樣對待我？

「嗚嗚！阿爸阿爸！救我！放我！」

哭喊得撕心裂肺，地動山搖。這悽寂的黯夜，無月無星，而健仔，也快將無言。

大人們把他的嘴巴撬開，插入一個金屬漏斗，合力把水泥混凝土舀進去。

一邊舀，一邊自喉頭順勢往肚子下方捋去……

「健仔，阿爸不想。」村長哽咽：「希望你保佑全村，建橋工程全靠你了。」

又自我控制道：

「水泥太稠了，可以稀點嗎？加點水才灌，稀點——健仔會好辛苦的！」

「太稀很難凝固的。」

不停地灌水泥，不停地讓水泥積聚體內，逐漸與燒鵝髀一起凝固。健仔被垂吊入沉井中，終於——生生變成一根樁柱。肚皮腫脹全身僵硬，他不再掙扎，也不再喊苦喊痛，更不再對人情抱有半絲希望。體內充塞着硬物，心已死，手漸冷，人也陰森可怖，鬼一樣，他怨毒的眼神彷彿在咒詛。

厚厚的水泥混凝土注入健仔這「生樁」身上，活活掩埋，層層掩埋，一個千秋萬世不被揭破的秘密，一個奪命成全的良策——一個永遠直立逃不出生天的童男「守護神」。

村長不忍。

「村長，你不如轉身別看吧。」

「大功告成了再上香。」

他別過頭去！

夜幕籠罩下，他忽然見到山石之間，有雙熟悉的眼睛一閃……

村長只聽得遠處傳來一聲驚恐之極的尖叫：

「呀——」

那是芳女。

她原本打算尾隨阿爸和健仔他們到建橋的工地看熱鬧——誰料看到人間最冷酷的一幕。健仔被捆綁灌水泥打生樁活埋，他的眼球因遭此刑甚至凸出，悽惶的哭喊終於死寂，全身僵硬成為一根樁柱的同時，嚇壞了的芳女全身顫抖，尿了一褲子。

忽然間她對大人的世界大惑不解還難以置信。明明如此疼惜小孩的阿爸，竟參與劊子手殺人行列，還點燃香燭，還齊心合力拜神拜鬼，目的就是把健仔生葬？

村長顧不得那接近大功告成的法事，飛奔過去，在山石之間，他的女兒受驚過度已經昏倒，褲子濕淋淋，身上都是冷汗，他把芳女抱回家。

「芳女千萬不要有事。」他一邊奔跑一邊思緒不寧：「健仔已奉獻出來了，女兒不可有閃失。」

他向天默喊：

「打生樁是師傅提出的，他們都說由魯班傳世，幾千年了——我也為了大家，為了建好一座橋，我是好心的，我是好人，女兒不能有事……」

芳女失了魂。

她躺臥床上，癡癡傻傻的，一時雙目望着前方不能發出完整句語，一時哭喊不止，夜來數度發冷驚醒，難以一覺到天明。

阿媽擔憂：

「是健仔回來搞她嗎？」

「嚇掉魂了。」左鄰右里你一言我一語，都避忌前因，只說後果：「不如幫她『喊驚』吧。」

阿爸阿媽把芳女的衣物懸掛在竹竿上，抱着她到橋邊，燃點香燭，師傅大喊：

「芳女，返來啦！芳女，返來啦！」

各人喊叫她被嚇掉的三魂七魄，擾攘了兩天。芳女情況安定下來，同時，建橋工程再度展開。

水泥混凝土活埋了健仔，又發揮另一作用。這些泥漿為「結合料」，碎石為「集料」，砂為「細集料」，經過拌和、攤鋪、振搗……為實體結構作鋪裝的準備。

工人們耳語：

「這橋台橋墩穩固多了。」

「就是，不能不信邪！最緊要一切順利。」

石塊加混凝上是鄉間建造拱橋的主料，抗壓、堅牢、耐踩，還有安全。

此後，彩西彩東兩村的村民菜農，往來就方便了，傷病者的救援更快捷，作物運輸買賣小孩往返全靠這道「彩帶橋」，生活質素也提高了。

而芳女，不知是天意抑或本能，她復元後，不但性格變得文靜，不再一天到晚像個男仔頭滿山跑，也不會如前般口口聲聲「我下世一定要做男人！」

——她還選擇性地「失憶」，把她六歲生命中最不堪回想也拒絕記起的殘酷往事，某個板塊，忘記了。

阿爸把健仔生前睡過的帆布床床頭櫃全扔掉，這個角落再也沒有任何養子「安身立命」的痕跡和氣息，他只希望所有人把那小生命置諸腦後終生不提，尤其是一度兩小無猜還暗地許願「我大個一定嫁給你！」的芳女。

村長仍是村長，德高望重為民犧牲，大家敬重他——而經此一役，或是受到咒詛，他真的無子送終。

「噩夢」過去了。

兩村自給自足，也發展得上路。開始有市場、雜貨店、食肆、還有學校，雖然簡陋，還幾個課室分班制，芳女讀書識字，天天由彩西村踩着彩帶橋過彩東村上學，天天踩在健仔這橋墩身上，她天天長大了……

體弱多病的阿媽過世了。

芳女十八歲嫁到彩東村，她的老公是同學文仔，上課時曾經送她花占餅，還道：

「這叫『肚臍餅』，上面有朵花，有紅色、粉紅色、綠色、黃色、白色。」

她知道那是治疳癩生蟲的「藥」。便疑惑：

「那麼難吃，又做到好似一朵花？」

「但那是有益的，對身體好的。」

這就是人生了。

阿爸覺得女兒有主人家已夠安慰。他守住老家，如同所有村民一樣，生於斯死於斯，永遠不會離開。

香港捱過日本仔侵華淪陷了三年零八個月。四九年大陸解放。四五十年代來此定居的人漸多，落腳後也不走。五十年代韓戰結束，外頭世界紛擾多變，曾餓死了好多人。文革、暴動、土製菠蘿「同胞勿近」、港英鎮壓、恆指大起大跌再大起再大跌、水災旱災風災火災、沙士瘟疫禽流感、金融海嘯……歲月流曳，兩村與世無爭——直至政府為了高速鐵路工程橫施辣手把兩村拆毀。

阿爸已過世，看不到這一天。

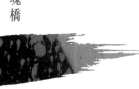

芳女成了葉婆婆。她生一個女又一個女，想追個仔，希望有仔送終，但仍生一個女，再生也是女，肚皮沒空閒過，一直生了五個女——她終於

明白是上天的安排，她忘掉這到底是否一個根本不知道的咒詛，忘掉某一段前塵多好，她從來不為此傷心。

老公也是種菜養雞維生，她由一個菜園子走到另一個菜園子。老公比她先走一步，多年前過世了，也看不到拆村的一天。

葉婆婆出院後，女兒們接她回到彩西村故居。不走不走還須走，大部份村民含淚接受了特惠賠償，他們敵不過無情無義的政府，也帶不走在此流了一生的血汗淚水。

葉婆婆是在醫院那萬籟俱寂的夜晚，忽然聽得一陣尖寒的哭聲：

「芳女，我好辛苦呀，放我出來呀，救我！放我出來呀……」

好不熟悉。

一個早已忘掉大半生的故人。

婆婆遲暮之年，慘遭巨變打擊之日，在昏沉的一刻，從未試過如此澄明剔透，她——記——得——了！

是健仔！

是那長埋彩帶橋一個活生生的樁柱，被鎖之魂，悽冷、孤寂，有口難言。永遠壓在堅牢不破沒一絲空隙可透氣的厚重水泥中。

「芳女，芳女！」

就是這聲音。就是這控訴。

芳女驀地回到七十二年前，她跪下來，喃喃：

「健仔，對不起，我們全家欠你，芳女給你叩個響頭……」

如何贖罪？一切成為飄渺憶念和心頭的痛。

那個晚上，收拾細軟，把要帶走的都盡量帶走。從此不能回頭。

葉婆婆在女兒陪同下回到彩帶橋，誠心上香燒了紙寶路票……

「健仔，這裏快拆掉了，你就可以逃出生天，你好好上路吧！」

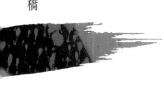

現實太殘酷，畫面太悽厲，她不想重提，女兒們也不問。

最後一夜。未滿的月亮只發出淡淡然似有若無的白光，伴着老人背影。她老了，七十八——而健仔，永遠六歲。

這晚老人特別精靈，放下心頭大石。

如同其他村民，依依不捨地，一些上公屋，一些投靠子女親戚，一些不知漂泊到何方，一些活着，一些猝死——寧死也不肯面對血淋淋的現實。

葉婆婆在女兒攙扶下遠去。

她也漸漸癡呆了，失憶了，漸漸變回六歲小孩的模樣和心境，依偎在阿麗身邊，繞着四五十歲小女兒臂彎。她連自己也忘掉了。

原來最遙遠的，反而記得最清楚。當年唸過的《增廣賢文》，竟倒背如流，一字不差：

「人情似紙張張薄，世事如棋局局新。山中也有千年樹，世上難逢百歲人……路逢險處難迴避，事到頭來不自由。藥能醫假病，酒不解真愁。人貧不語，水平不流……萬事勸人休瞞昧，舉頭三尺有神明。但存方寸地，留與子孫耕……」

人走了，兩村滅了，方寸之地也夷平了。

推土機拆屋拆牆拆田拆路拆橋……

重型金屬，忙碌人群。

誰也沒留意，當已作廢的彩帶橋整座轟倒拆卸時，泥塵砂石間，滲出那一攤血紅……

烏鱧

區振興的父親給改這個名字，期望很大——亦過大。小區繼承父業，打理這家飯店多年，生意算不錯，但也賺不到大錢，「振興」言重了，守成則稱職。

主要是貨源。他們也烹調美味的海鮮河鮮，得靠供應商販的收穫，有時帶來好魚大蝦，價錢因應貨色而定，客人也滿足。

每回有大魚，他都一早張貼告示，生劏、紅燒、清蒸、油浸……招徠四方客人。

並非天天都好景，因貨而定，亦看季節。

小區本人也喜歡釣魚捕魚，大規模出海當然有專業漁家，他得空與好友和飯店中夥伴，都有經驗，駕車到東面的淡水河一帶釣捕，每回手氣不錯，且河鮮賣得更貴。

這晚，飯店最後一桌客人搓着肚皮結賬了。不是假日，來客不多。

他們約好翌日星期四一早去釣魚，工具已準備了，有釣具也有長柄魚網，對付生猛的惡魚，不上鈎，便網捕。若有收穫，夠幾日生意，足以應付週六日之熱鬧。

區媽媽端出熱氣騰騰的裹蒸糉，足球那麼大，餡料肯定豐富。時近五月節，他們大吃糉子，自家製，加足料，別處當然吃不到。

「媽，你也吃吧。」

「我吃過了，見你忙，留着。快吃。」

小區與母親相依為命，依仗父親遺下的飯店維生，生活亦算無憂。他對母親很孝順，唯一令她不滿的，是拍拖無結果。

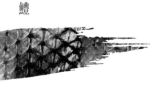

「今年又帶不到女朋友來過端午節啦？」

「美儀因為我太忙，不能陪她去拜山，吵了一架。散散地。」

「人家當你自己人，才要你一起去祭祖拜山，你是真不明白抑或裝傻？」

「其實美儀嫌我一身汗，有魚腥——她有潔癖。」

心忖：不結便分。說着便解開糉葉岔開話題：

「嘩，有五花肉、栗子、瑤柱，蓮子、還有燒鴨，有三個蛋黃……」

「你愛吃鹹蛋黃嘛。」

「好，餓死了！」

大口大口地吃。區媽媽看着：

「那麼大個人，還唔臭米氣。」

「我現在滿嘴滿身是『米氣』啦，好味！」

這時忽來了個客人。

由於少東在吃消夜，所以燈仍亮着，小區抬頭：

「先生，對不起，我們已打烊了。」

他滿含一嘴的糯米綠豆和蛋黃，未能招呼。

「哦——」他望着小區，欲言又止：「我阻礙你嗎？不好意思——」

這位來晚了的客人，是個高大健碩的男子，穿一件黑上衣，有斑紋，似蛇紋。他長了點鬍子，膚色也黝黑，經風雨日曬，像鄉下人多過城市人，有點土。

他咧嘴歉意一笑，嘴巴好大呢，但眼睛小而圓，微凸。小區問：

「你不是本地人？」

「——我來附近找朋友。本來打算吃個飯。」

「廚房已收了，店也打烊了。這樣吧，你請坐，我解一條裹蒸糭給你好了。」

「不用了，麻煩了。」

「不是餓了嗎？你牛高馬大，胃口一定不小。」

「你這不是有一大條嗎？」他指指桌上那「足球」，看來小區也未必全幹掉：「我來一點可以了。」

「好，」小區個性開朗活潑：「相請不如偶遇，多個人多雙筷。來，我請的，別客氣。」

他又去開了瓶啤酒。

男子吃糉子，第一口先試試味，不錯，能吃。還有肉，是豬肉，還有燒味，是鴨……唔，不錯，是鹹蛋黃呢，能吃——就像此生沒吃上糉子一樣。

「老闆，我不喝啤酒的。」他推拒。

奇怪，男人老狗不喝啤酒？小區也沒作聲，畢竟他常與來自五湖四海的客人周旋，人各有好，面面俱圓海派為上。

「貴姓？」

「我姓白。」

那麼黑的人姓白？小區忍笑。

「你喚我小區吧，你過一兩天再來光顧，我給你弄河鮮。」

男子不語。小區試探：

「白生愛吃魚嗎？」

「我吃的。」

「愛吃甚麼魚？」

「都愛。」他道：「河鮮比海鮮美味多了。」

「真是食家！」小區笑：「我們明天約好去捉魚。」

「幾點鐘？」

「天一亮就去。」小區指指擱一邊的釣具魚網：「我吃完消夜小睡一下便出發。今晚客少也早些打烊。」

「區老闆——」

「唏，喚小區好了。」

「我有個不情之請。」

小區愕然。心中忽生了個想法：是打劫？藉口「借錢」？託他尋人？……抑或只不過貪享口福請他留尾鮮魚？

世面見多了，小區也不動聲色。一旦有異，他拳腳還可以應付——不過一下子便挺了挺身，有所警覺似地，笑容也減了。

「小區別緊張，我只是請你幫我一個忙。」白生解釋。

「你說。」

「明天你們捉魚時，會遇到烏鱧——」

「哦，是黑魚，那是淡水魚之寶呀，味道鮮美而且營養豐富，好補！」小區興奮道：「如果捉到黑魚，那煲湯肯定大受歡迎，可炸荔枝魚，又可以紅燒——」

「明天遇到，能放牠一條生路嗎？」

小區望定白生，沒説甚麼。

「如果一定要捉，可以捉前面那條大的，放生後面那條小的嗎？」

小區想問，但一時之間有點混亂失措，不知如何開口？其實他想知道，為甚麼要放生後面那條烏鱧呢？

而前面那條——

小區聽這位白先生説得玄之又玄，還以為話中有話。誰知黑衣男子一笑：

「這是我的經驗談吧。」

「哦？你也捉過烏鱧嗎？」

「沒捉成。」他道：「這傢伙個性兇猛，跳躍能力強，而且口大牙利，一不小心便讓牠咬傷了。」

「對呀對呀，」小區記起某回不快：「幾個月前我們捉魚也出事。烏鱧當造期在五六月，那時還沒長得肥美，但一個字：『惡』！我的魚友小戴就被那條死黑魚咬傷了手指，不，咬掉了一塊肉。」

「我也知道牠惡，牠吃肉嘛，吃小魚小蝦，也吃青蛙和其他生物，所以生命力極強。」

小區說：

「美國人最怕牠了，認為是食人的『科學怪魚』，還拍過電影呢。」

小區又嗤之以鼻：

「但我就覺得好浮誇了，白生，你也見過，照計最大最大也不過這樣——」

小區雙手攤開一比，展示他的專業知識：「頂多六七斤，算你八九斤，怎麼吃人？牠咬人也是自保吧。」

「你別小覷，牠不但生性兇殘繁殖力強，而且胃口極大，吃掉整個池塘裏的魚類也不足為奇。聽說可以離水生活長達三天也不死。」

「嘩，白生你真是行家，是漁夫嗎？搞漁產生意嗎？」

白生搖頭：「不，只是同你一樣，愛捉捉魚，做頓晚餐。」

「那你明日同我們一起玩個一天半天吧？」

「玩？」白生一怔：「也對。玩玩好了，別挑釁，否則狂性大發，發生流血事件。」他又低迴：「正如你說，人家也是自保。」

不過這邊廂小區反而有點亢奮了：

「哼，上回流血，讓牠跑掉，這次若遇上，一定不放過，我們做好裝備，多帶一兩柄利刀也可傍身，一定要捉到！」

黑衣男子望定小區：「你一定會捉到的！」

又道：「命中注定，你放不放生牠也逃不了。不過，請你答應我，只捉前面那條大的——」

「為甚麼呢？」又回到當初的不解疑團。

「唏，見好就收，很簡單。」白生放輕鬆：「捉到一條那麼大的已經夠了，如果分心，很容易兩條也失手，對嗎？且一捉一放也是積德。」

「唔，有點道理。」小區一想：「到時燉個牛奶般的白湯，陳皮鴨腎西洋菜，給我媽補身，她早一陣跌傷過，正好治風濕，補氣血，且可消炎止痛。還有紅燒大烏、將軍過橋、炸荔枝魚、水煮魚卷……白生，明晚再來呀？」

小區又回復他飯店少東的職業本能了：

「一般街市賣的小小生魚，也算黑魚分支，煲湯已是病後康復或老幼體虛的補品了。但若捉到好的烏鱧，肉質和骨膠原都比小魚豐富，是高級保健品，那煲湯我們留來自己歎。我們萍水相逢又談得投契，一定預你一份！」

見白生表情有點不自在，小區根本不知自己是否說了不該說的話，而且也不過是坦率好客，多交朋友吧了。

或者人家有其他心事，不便多談。

白生似在按捺住情緒，不作回應。只是語氣帶着忍讓和請求：

「小區，你答應我放過後面那條小的烏鱧呀。」

捨下身段再強調：

「我一生不求人——」

「好啦好啦，我答應你。」

「一言為定？」

「一言為定！」

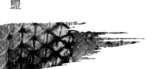

「好！我信你！」

白生起立，抱歉：

「真對不起，打擾你大半晚，又吃了你半條裏蒸糉，很好味。」

「你也沒吃多少。」

「這半瓶啤酒，我帶走了？」

「咦你不是不喝啤酒的嗎？」小區忙道：「現在趁冰鎮喝掉吧，暖了便似尿──」

「我帶回去再喝好了。」

望着黑衣男子和半瓶啤酒的背影，小區喃喃：

「怪人！」

桌面也懶得收拾，關燈小睡一下。

翌晨天亮，便與小戴和肥牛他們出動到東面淡水河一帶了。

真的多帶了一長一短兩柄利刀。

小戴問：

「嚴陣以待？」

「昨晚有行家白生提醒，會遇到烏鱧，當造。」

「那食人魚！」小戴恨恨道：「多些來密些手，有殺冇賠！」

「我和他有個奇怪的君子協定——」

話還未了，小戴壓低聲音：

「別聲張！」

他們早已把新鮮魚肉誘餌穿上魚鈎，在河邊水草間輕輕抖動，散發腥氣。短線單鈎，河魚尋味而至——

但因二人對話分了心，魚餌被迅速拖走，來者不知是否惡魚？總之尖銳的牙齒竟把魚絲切斷了。

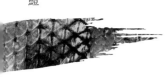

「是目標嗎？」

「魚身不夠黑，又沒蛇皮斑紋，看來不似。哼，A貨。」

「A貨也這樣兇惡，正貨豈非大陣仗？小心應付！」

三人繼續集中精神金睛火眼，既守株待兔，又主動尋覓，大夥分工合作。

忽聞肥牛一下驚呼：

「目標出現！」

果然！

在20℃—30℃水溫，水草茂盛亂石掩護之處，平靜的泥土間，有斑駁黑紋，身圓鱗細，首有七星。體形壯碩，體質猛健，有氣派也有氣勢，是一尾上佳蛇皮魚，是烏鱧！

這個怪異的現象叫他們面面相覷……

區振興與小戴循肥牛指示，發現這條碩大的烏鱧，果然不同凡響，除了黑紋斑駁身圓鱗細首有七星等特徵外，體表還覆蓋了一層黏液。

烏鱧同大多數魚類不同，黑色的鰓具有小囊，起着類似「肺」的作用。只見牠浮上水面，將空氣吸進小囊，暫時離水存活沒有問題。

小戴也說過：

「可以離水生活長達三天也不死。」

——咦，這話似乎昨晚白先生也說過。

最怪異的，任何生物遇到比牠們強大的生物時，為了保命，必定竄逃，除非無路可走，得面對危險，生死關頭，才拼命一搏。

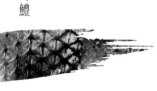

照說攻擊力強個性兇猛的烏鱧，牙齒尖銳有力，是天然武器，不會讓釣捕的人好過。

美國人還使用過很多高科技方法，如投除草劑和魚藤酮來破壞生態，用電捕魚代替網捕，都無法完全去除惡魚為患。

眼前這一條，怎會如此？

有過多次釣捕大魚經驗的肥牛疑惑道：

「牠怎那樣怪？微微晃動，看！還跌跌撞撞的，是受傷嗎？」

小戴曾遭烏鱧咬去一塊肉，印象深刻。

「怕有詐！別動，先看清楚形勢。這黑魚狡猾，就在你稍一鬆懈時發難。」

「身上沒傷。」小區說：「一看就知是正貨——」

說着，忽起莫名其妙的寒意，那眼神！

小戴他們也發覺了：「小區，牠定睛望着你呢！」

對呀，圓圓的，凸出發亮的小眼睛望定小區，似曾相識，小區沉思。

肥牛插嘴：

「看牠晃擺，就像喝醉一樣，有點『貓』。」

「魚也喝酒嗎？爛 gag！」

「唔？」小區悟道：「也許是啤酒——」

那「不勝酒力」的烏鱧，望定小區好一陣，忽然一回頭，似有所示，再望定小區——那眼神中充滿了希望和……央求。

小區三人順牠回頭方向，有所發現！

隱藏在水草淺灘，以各種植物碎片纖維築了個簡單的魚巢，略呈環狀。大魚的身後，靜靜地伏着一條較小的魚——這是一對護幼的雌雄烏鱧。

仔魚已剛孵出，成千上萬幼小的黑魚寶寶，竟然爭相游進媽媽的嘴裏。

「呀！那母魚是盲的！」

盲的就好捉了，全無抵抗能力。他們發覺母魚盡量靜止不動，以免消耗體力和營養。公魚天職保護妻兒，本來與人相安無事——不過牠預知命中有劫大限已至，既已注定，就盡一切辦法護幼吧。

肥牛開始賣弄他的「學問」了。別看他是個大廚，烹調拿手，對魚類的認識也傲視同儕：

「知道嗎？這黑魚媽媽每次產卵後都會失明的。」

「從此就盲了？」

「不，只是一段時間，這段時間不能覓食，全靠老公和家人照顧，即使不動也得呼吸維生，容易餓死。或者出於母子天性，那些ＢＢ孵出後，心知媽媽是為了牠們受失明之苦，便一一游回媽媽的嘴裏——」

「當牠的食物被吞吃嗎？」大夥驚嘆自然界竟有如此孝義？都有點感動：「直到媽媽復明了，孩子也所剩無幾啦。」

難怪烏鱧得以成長壯碩，是多麼的珍稀。

母魚失明，當然看不見公魚為了愛護妻兒之情義，不惜向釣捕自己的「敵人」捨下身段央求過，一再強調：「我一生不求人——」

小區明白了。

盲了的母魚當然易捉，手到擒來。但小區堅持：

「捉了前面那條大的算了，放小的一條生路！」

大夥有默契，也就住手了。本來想，大的是否也放生呢？但牠這狀態看來是活不長的了，成全牠吧。

只見那條碩大的烏鱧，有點迷糊，游姿也不穩當，但牠仍有意識，繞住自家的魚巢一圈一圈地，來回游了三次，像在告別，也像預先祭奠，更像對自己的犧牲決定不悔。牠游至疲累暈眩，加上昨夜拿回去的啤酒，少許酒精足以令自己在迷醉不省中死去，任從宰割，無痛無恨無怨無尤。

不等人家要「放生」，自己先向小區投以感謝的一瞥，牠很清楚，小區「一言既出駟馬難追」，這是個君子協定，也是個積德的手勢。自己難逃一死，是命，最終也保得妻兒，而幼小的黑魚寶寶亦很懂事，將繼續充當媽媽的食糧，直至牠康復，以後又再繁衍下一代，一代一代，永不止息。

烏鱧又喚「孝魚」——這是小區後來才知道的。

他們之後也釣了一些河鮮，小兒科，但把已昏眩的大黑魚捕獲回店，不費吹灰之力，不要白不要。得此佳品，又行了善，掩不住躊躇滿志踏上歸途。

一路上，小區回想昨夜與白先生萍水相逢一席話，為免豬朋狗友不但不信還笑他一派胡言，決定保守這個秘密了。

一言難盡。

這晚店中弄了好幾道黑魚佳餚，鮮魚活烹，當然貴。那煲陳皮鴨腎西洋菜黑魚湯，牛奶般的白湯只孝敬老母親，好好補氣血治風濕。

「媽，你多喝一碗。」

「對呀，得來不易。」

只自己明白，「得來太易」——是「換來」的。

小區沒有進廚房。他是開食店的，「背脊向天人所食」，沒甚麼不忍。

他之所以沒參與，連一眼也不看，只不想目睹，當廚子把烏鱧劏開時，發現肚內殘留了些裹蒸糭的五花肉、栗子、瑤柱、蓮子、燒鴨、綠豆、糯米……還有蛋黃，還有牠從來不沾，為了麻醉自己兇性不作反抗，也為了減輕肉隨砧板上的委屈，而喝掉的啤酒。

那美味可口的魚湯，小區一口也沒喝。

這烏鱧，真是條漢子！

鐵漢柔情。

www.cosmosbooks.com.hk

天地

書　　名　陰兵借道
作　　者　李碧華
責任編輯　吳惠芬
裝　　幀　天地美術部
美術編輯　郭志民
出　　版　天地圖書有限公司
香港黃竹坑道46號新興工業大廈11樓（總寫字樓）
電話：2528 3671　傳真：2865 2609
香港灣仔莊士敦道30號地庫（門市部）
電話：2865 0708　傳真：2861 1541
發　　行　香港聯合書刊物流有限公司
香港新界荃灣德士古道220-248號
荃灣工業中心16樓
電話：2150 2100　傳真：2407 3062

初版日期　2021年2月・香港

ISBN 978-988-8549-47-4

妖魔鬼怪 系列

海面風好猛，魚群受驚，掙扎躍動更劇烈。影影綽綽，雙方都來了。

説是「陰兵」，當然指陰間厲鬼組成的兵團。怨氣不散，思維停頓在作戰氛圍，執行冷任務，借人間水陸之道，拘押亡魂帶回地府。但，他們不肯走……

（新書）

妖魔鬼怪 系列

上世紀《胭脂扣》的故事已成夢幻泡影，如露亦如電。不但如花死了，演如花和十二少的演員死了，在政治禁令打壓下電影死了，塘西風月死了……連香港也死了。

經歷過繁華綺麗盛世風流的有情人、得享過天馬行空百花齊放的創作人，回首只有蒼涼……

欷歔之際，忽發奇想——如果不肯忘情的如花，執意尋找當年的十二少，在 2020 年的今天，她來了，結果會是怎樣呢？

（新書）

妖魔鬼怪 ❷ 亂世小說
尋找十二少
李碧華
分類小
十二少：
老地方等你
如花
倚紅樓
Hill Road
山道
即使香港變了
我的愛不變
七月十四見
太平戲院
尋找十二少
李碧華
天地

七情＋食欲＝萬般滋味

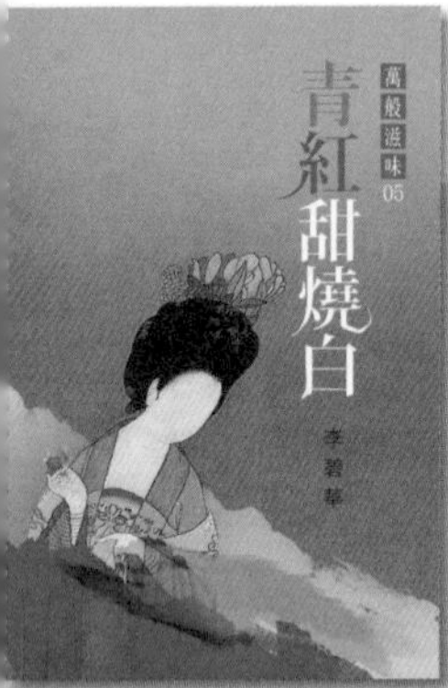

05

06

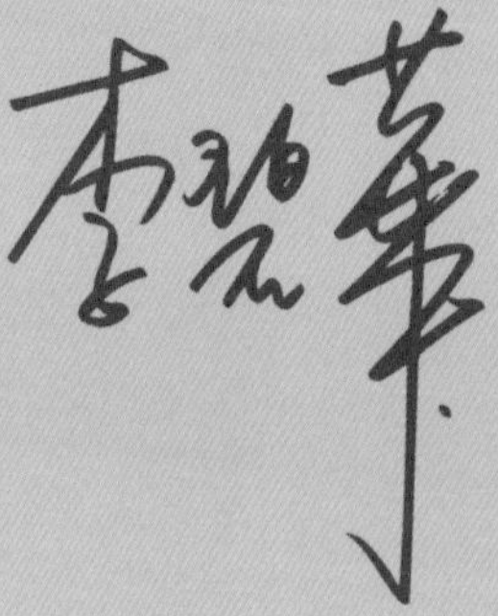

07

08

萬般滋味 系列

01

02

03

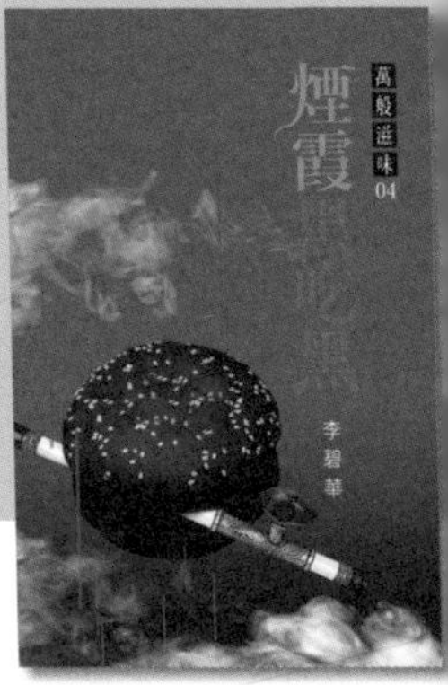

04

感情是美食的心事，或因饑渴、
或因追尋、或因偶遇、或因激動、
或因懷念……
平凡的食物也格外銷魂。

李碧華 作品

1 白開水（散文）
2 爆竹煙花（訪問遊記散文）
3 紅 塵（散文）
4 青紅皂白（散文）
5 胭脂扣（小說）
6 霸王別姬（小說）
7 色 相（一零八個女人）
8 青 蛇（小說）
9 戲 弄（散文）
10 鏡 花（散文）
11 糾 纏（小說）
12 生死橋（小說）
13 幽 會（散文）
14 白 髮（散文）
15 潘金蓮之前世今生（小說）
16 秦俑（小說）
17 綠腰（散文）
18 个体戶（散文）
19 天安門舊魄新魂（小說）
20 滿洲國妖艷——川島芳子（小說）
21 不但而且只有（散文）
22 江湖（散文）
23 變卦（散文）
24 霸王別姬新版本（小說）
25 南泉斬貓（散文）
26 好男人不過是一瓶好的驅風油（長短句）
27 恨也需要動用感情（長短句）
28 中國男人（散文）
29 水袖（散文）
30 誘僧（小說）
31 草書（散文）
32 潑墨（散文）
33 泡沫紅茶（散文）
34 蝴蝶十大罪狀（散文）
35 基情十一刀（散文）
36 吃貓的男人（小說）
37 聰明丸（長短句）
38 咳出一隻高跟鞋（散文）
39 630電車之旅（最後紀錄）
40 吃眼睛的女人（小說）
41 八十八夜（散文）
42 荔枝債（小說）
43 流星雨解毒片（小說）
44 給拉麵加一片檸檬（飲食檔案）
45 有點火（散文）
46 逆插桃花（小說）
47 女巫詞典
48 藍狐別心軟（散文）
49 橘子不要哭（散文）
50 煙花三月（紀實小說）
51 水雲散髮（飲食檔案）
52 夢之浮橋（散文）
53 礦泉水新版本（散文）
54 凌遲（小說）
55 真假美人湯（散文）